적응자

적응자 2

초판 1쇄 인쇄일 2014년 10월 29일 **| 초판 1쇄 발행일** 2014년 10월 30일

지은이 네모리노 **| 펴낸이** 곽중열 **| 담당편집 팀장** 이범수
편집부 신연제 이윤아 김호성 김은경

펴낸곳 (주)조은세상 **| 출판등록** 제2002-23호
주소 경기도 연천군 미산면 청정로 1355
TEL 편집부 02)587-2966 **| FAX** 02)587-2922
e-mail bukdu@comics21c.co.kr

ⓒ네모리노 2014
ISBN 979-11-5512-766-7 **|** ISBN 979-11-5512-764-3(set) **| 값** 8,000원

적응자

2

네모리노 현대판타지 장편소설
NEO MODERN FANTASY STORY

북두
(주)좋은세상

#4. 각성(覺醒) I

NEO MODERN FANTASY STORY

적응자

#4. 각성(覺醒) I

"으아아아아아악! 컥!"

비명을 질러가며 바닥을 뒹굴던 사내가 단말마의 비명을 내지르는가 싶더니 이내 잠잠해졌다. 유건이 발을 들어 그의 목을 밟아버렸기 때문이었다.

손에 들고 있던 팔을 아무렇게나 내던진 유건이 한걸음 다가서자 그를 둘러싸고 있던 사내들이 약속이라도 한 것처럼 동시에 뒤로 물러섰다.

그 와중에 사시나무 떨 듯 다리를 떨어가며 그 자리에 못 박힌 듯 서있던 사내가 가까이 다가온 유건과 눈이 마주치자마자 자신도 모르게 비명인지 기합인지 모를 소리를 질러가며 달려들었다.

"으…… 으아아아!"

뿌득.

그런 그를 옆으로 한걸음 옮겨 가볍게 피해낸 유건이 그의 목을 한 팔로 감싸 안는가 싶더니 그대로 꺾어버렸다.

바람 빠진 풍선처럼 축 늘어진 그를 잡아 올린 유건을 향해 다른 사내가 악에 받친 비명을 질러대며 달려들었다.

"으아아악! 이 개새끼야!"

달려드는 녀석을 가만히 바라보던 유건이 축 늘어진 사내의 몸을 세차게 집어 던졌다.

"큭!"

어쩔 수 없이 날아드는 동료의 몸을 받아든 사내는 동시에 자신의 두 발이 공중에 붕 떠오르는 것을 느꼈다.

기세 좋게 달려가던 사내가 달려들던 속도보다 배는 더 빠른 속도로 축 늘어진 동료와 뒤엉킨 채 날아갔다. 뒤엉킨 두 사람이 자신들을 향해 날아들자 이를 바라보고 있던 이들의 눈이 휘둥그레졌다.

"으헉!"

"피…… 피햇!"

날아드는 동료들의 몸을 제대로 받아내지 못한 사내들이 그 여세에 밀려 우르르 무너져 내렸다. 그런 그들의 위로 몸을 날려 떨어져 내린 유건이 주먹을 연달아 내리쳤다.

쾅쾅쾅쾅!

"끄아아악!"

"커흑!"

"어흐흑!"

마치 쇠망치로 내리치는 것 같은 굉음이 울려 퍼지며 사방으로 피와 살점이 튀었다. 그 사이로 사내들의 고통에 찬 비명이 터져 나왔다.

이를 기점으로 얼어붙어 있던 사내들의 몸이 다시금 움직이기 시작했다. 아무리 그래도 명색이 이 바닥에서 손가락에 꼽을 정도로 알아주는 조직의 실세들이 아닌가? 반항 한 번 제대로 해보지 않은 채 곱게 죽어줄 수는 없는 노릇이었다.

쇄애액!

귓가에 들려오는 칼날이 바람을 가르는 섬뜩한 소리에 고개를 돌린 유건이 상대의 손목을 그대로 잡아챘다.

푸들거리는 손으로 유건의 눈 바로 앞에서 멈춘 칼날을 밀어내기 위해 안간힘을 쓰던 사내가 벌게진 얼굴로 욕을 해댔다.

"이…… 시팔! 미친 괴물 새끼가!"

빠각!

유건이 가볍게 손을 돌리자 칼을 들고 있던 사내의 손목이 기이한 각도로 돌아갔다.

11

"큭!"

그를 그대로 잡아당기며 어깨에 팔을 비틀어 얹어 내리꺾자 팔꿈치 관절이 부서지는 소리가 제법 크게 울려 퍼졌다.

"크아아악!"

그 와중에도 손을 놓지 않은 유건이 상대의 무릎을 발로 밟았다.

뿌드득!

바깥쪽을 향해 꺾여버린 무릎도 무릎이지만 어느새 날아든 유건의 손날에 의해 부러져 버린 쇄골 골절이 더 심각해 보였다.

"으악! 으아아악! 으아아아아악!"

마치 고장난 장난감 인형처럼 기묘한 각도로 팔 다리가 구부러진 채 비명을 질러가며 꿈틀대는 사내의 모습에 미친 듯이 달려들던 녀석들이 주춤거리기 시작했다.

"그 손 안 놔?! 이 시벌넘의 새끼야!"

커다란 덩치의 사내가 소리를 지르며 유건을 향해 여기저기 나뒹굴고 있던 술병을 집어 던졌다.

고개를 돌려 자신을 향해 날아들던 술병을 피해낸 유건이 연이어 날아드는 사내를 공중에서 잡아 채 그대로 바닥에 내리 꽂았다.

"큭!"

강한 충격에 횡경막이 쪼그라들자 바닥에 내리 꽂인 사내가 일순간 숨을 쉬지 못해 괴로워하며 바닥을 벅벅 긁어 댔다. 유건이 그런 그를 지그시 밟고 앞으로 나서자 주변을 에워싸고 있던 사내들이 주춤거리며 뒤로 물러섰다.

그런 이들 사이를 헤치며 나타난 한 사내가 유건의 전면을 막아섰다. 양쪽으로 고개를 꺾어가며 유건을 향해 천천히 다가간 사내가 비릿하게 웃으며 말했다.

"휘유~ 아주 작살을 내버렸구먼! 그래? 아주 인물 나셨어 인물. 어디 이게 사람이 할 짓인가?"

주변을 둘러보며 휘파람을 불어대던 사내가 뒤를 돌아보며 말을 이었다.

그와 눈이 마주친 사내들이 겁에 질린 강아지처럼 금방 눈을 내리 깔았다.

"아무리 그래도 그렇지 이 새끼들이! 회장님 보고 계시는 데 쪽팔리게 뒤로 물러나? 앙?! 내가 니들 그렇게 가르치디? 이런 시벌넘의 새끼들이 아주 정신 상태가 글러먹었어. 카학~ 퉤!"

'태범아……'

그런 그를 바라보는 정혁주의 눈빛이 세차게 흔들렸다.

전면에 나서서 부하들을 단련시키며 조직을 키워온 자신과 달리 음지에서 여러 가지 더러운 일들을 도맡아 하며 살아온 이가 바로 지금 나선 권태범이었다.

어린 시절 같은 동네에서 나고 자라온 죽마고우인 그가 왜 그런 길을 택했는지는 그 누구보다 자신이 제일 잘 알고 있었다.

'너는 당당하게 조직의 일인자가 되라. 너의 뒤는 내가 책임지마.'

조직 내에서 모두가 알아주는 특급 킬러, 그것이 지금 나선 권태범의 정체였다. 조직의 성장에 걸림돌이 되는 제법 알아주던 전국구 주먹들을 조용히 장사지낸 인물이 바로 그였다.

싸움이라면 모를까 누군가를 죽이는 일이라면 단연코 그가 조직 내에서 제일이었다.

어지간한 일에는 나서지 않는 그가 앞으로 나서자 잔뜩 주눅 들어 있던 사내들의 눈이 기대감으로 인해 반짝였다.

걸쭉한 가래침을 뱉어낸 사내가 입가에 묻은 침을 손으로 닦아내며 유건을 향해 천천히 다가갔다. 조금은 마른 듯 보이는 사내의 손이 순간 모두의 시야에서 사라졌다.

쐐액!

언제 날렸는지 모를 단검이 유건의 귓가를 스치고 지나 갔다.

"어쭈? 피해?"

건들거리는 행동이나 말투와 달리 무척이나 깔끔한 칼질이었다. 이채를 띠던 사내의 눈빛이 순식간에 일변했다.

가볍게 스텝을 밟던 사내의 손이 순식간에 유건의 온 몸을 향해 날아들었다. 이를 피해내며 뒤로 물러선 유건이 어느새 잘려나가 밑으로 늘어진 상의를 내려다보았다.

"어떠냐? 염통이 제법 쫄깃하지?"

칼날을 혀로 핥으며 비릿하게 웃던 사내가 휘두른 칼이 순식간에 일곱 번이나 유건의 목을 노린 채 날아들었다.

이를 피해낸 유건이 목덜미를 타고 흘러내리는 핏줄기를 손바닥으로 닦아내며 미간을 좁혔다.

처음 여섯 번의 공격과 비교할 수 없을 정도의 속도로 날아드는 마지막 일격을 완벽하게 피해내지 못했기 때문이었다.

마치 순간적으로 급가속을 한 것처럼 마지막 칼질은 거의 두 배 이상 빠른 속도로 날아들었다. 예상보다 조금 더 빠른 칼질이긴 하지만 피하기로 작정하면 못 피할 것도 없는 딱 그 정도 수준이었다. 그러나 여전히 여유로워 보이는 상대의 모습에서 무언가 알 수 없는 위화감이 느껴졌다.

"흐음……."

이정도 규모의 조직이라면 일반인들과 판이하게 다른 실력을 갖춘 이들이 알게 모르게 제법 있을 터였다.

'그게 뭐 어떻다고?'

어차피 모조리 쓸어버리기로 작정한 마당에 상대가 지금까지와 달리 조금 더 강해보인다고 한들 그게 무슨 상관이 있을까 싶었다.

생각을 정리한 유건이 가볍게 손을 늘어뜨리고는 한쪽 입 꼬리를 들어 올린 채 웃고 있는 녀석을 향해 한 걸음 크게 다가갔다.

자신의 간격 안으로 단숨에 파고들어온 상대의 모습에 미간을 꿈틀거린 사내가 본능적으로 손을 내뻗었다.

슈칵!

이를 피해내며 단숨에 파고든 유건의 양 손이 내뻗은 사내의 팔을 꺾어버리기 위해 잡아챘다.

'부러진다!'

유건의 의도를 알아차린 사내가 다급히 팔을 비틀어 빼냈다. 유건이 그런 그를 바짝 따라 붙으며 드러난 겨드랑이를 향해 팔꿈치를 날렸다.

뒤로 몸을 눕히며 이를 피해낸 사내가 한 손으로 바닥을 짚은 뒤 한 바퀴 크게 돌며 한참을 뒤로 물러섰다.

참았던 숨을 토해내며 유건의 위아래를 천천히 훑어본 사내가 입을 열었다.

"너 능력자지?!"

그의 말에 주변에 있던 이들이 술렁거리기 시작했다.

그리고는 이내 그가 보여준 엄청난 괴력을 상기하며 고개를 끄덕였다. 인간의 범위를 훨씬 초월하는 능력을 가진 이들을 가리켜 소위 능력자라고 불렀다.

국가단위로 관리되기도 하지만 특별히 가드라는 능력자들을 총괄하는 기구가 있었기에 일반인들로서는 평생가야 만나보기 힘든 이들이 바로 그들이었다.

헌데 그 능력자가 몬스터들이나 상대할 것이지 왜 이곳에 와서 자신들을 공격하고 있는가?

그들이 머릿속으로 이러한 의문을 떠올리는 사이 천천히 호흡을 조절하던 권태범이 말없이 자신을 쳐다보고 있는 유건을 향해 짓쳐들었다. 조금 전에 비해 배는 더 빨라진 움직임이었다.

터엉!

"하압!"

거의 바닥에 닿을 것처럼 낮은 자세로 달려든 그가 강하게 바닥을 발로 구르며 위로 솟구쳤다. 동시에 유건의 사타구니를 향해 역수로 잡은 단검을 그어 올렸다.

쇄애액!

한발 뒤로 물러서며 검을 피해낸 유건이 반격을 가하기 위해 주먹을 뻗어내려는 찰나 연이어 날아드는 단검을 보고는 급히 몸을 회전 시켰다.

양손에 들린 단검을 이용해 펼쳐낸 시간차 공격이었다.

얼핏 보기에는 단순해 보였지만 상대가 방심하는 시점을
철저하게 계산해 뻗어낸 날카로운 이격이었다.

이를 피해낼 것이라 생각했는지 전혀 당황하지 않은 권
태범이 자세를 낮춘 채 팽이처럼 몸을 회전 시키며 순식간
에 수십여 차례의 지르기를 날렸다.

흐릿한 잔상만 남기며 공격을 해대는 권태범의 모습도
놀라웠지만 이를 종이 한 장의 차이로 모두 피해내는 유건
의 모습이 더 놀라웠다.

스승을 통해 배운 비전의 숨법을 활용하고 있음에도 불
구하고 상대를 제압하지 못하자 쉴 새 없이 단검을 휘두르
고 있는 권태범의 미간이 찌푸려졌다.

"쳇! 이정도로는 안 된다 이거지?"

회수하는 손을 따라 붙은 유건의 매서운 주먹을 겨우 피
해낸 권태범의 온 몸에서 김이 모락모락 피어올랐다. 가볍
게 투덜거린 그가 조금 전과 달리 좀 더 깊고 긴 숨을 내쉬
며 호흡을 조절하자 조금 마른 것처럼 보이던 그의 몸이
순식간에 부풀어 올랐다. 헐렁하던 셔츠가 곧 터져나갈 것
만 같았다.

"후우~ 이번엔 쉽지 않을 거다."

유들거리는 건달 특유의 눈빛이 사라진 자리에는 우직
한 무인의 그것과 꼭 닮은 투지가 넘쳐흐르고 있었다.

텅!

폭사 하듯 전면을 향해 쇄도하는 상대를 향해 유건이 강하게 진각을 밟으며 내부에서 용솟음치는 힘을 주먹을 통해 뿜어냈다.

일점집중의 권.

그 무신(武神) 권승혁 조차 놀라게 만들었던 바로 그 일격이었다. 두 사람의 주먹이 중간에서 세차게 맞부딪혔다.

콰아앙!

사람끼리 격돌해서 나는 소리라고는 믿을 수 없는 굉음이 울려 퍼지며 내부에 있던 유리창이 모조리 터져 나갔다.

"커헉!"

한쪽 팔이 어깨 부위까지 엉망으로 으스러진 사내가 피를 토하며 한쪽 구석으로 날아가 그대로 처박혔다. 중앙에는 주먹을 내뻗은 자세 그대로 서있는 유건만이 남아있었다.

덜덜덜덜.

아무렇게나 처박힌 채로 바닥에 누워 연신 벌건 핏물을 토해내고 있는 친우의 모습을 바라보고 있는 정실장의 몸이 사시나무 떨리듯 흔들리고 있었다.

대한민국 내에 몇 남지 않은 일인전승의 무예 수박의 현계승자 그것이 조직 내에서 오직 자신만이 알고 있는 친우의 정체였다. 적어도 자신이 알고 있는 친우의 실력이라면 지금 저렇게 볼품없이 처박혀 있어야 하는 것은 그가 아니라 상대가 되어야 했다.

간헐적으로 피를 토해내며 꿈틀거리고 있는 권태범을 일별한 유건이 곧바로 땅을 박차며 상석에 앉아 있는 이를 향해 달려 나갔다.

"마…… 막앗!"

그제야 자신들이 상대하고 있는 이가 얼마나 엄청난 존재인지를 깨달은 정실장이 소리를 지르며 유건을 향해 몸을 날렸다. 그런 그를 뒤이어 얼어붙어 있던 사내들이 정신을 차리고 달려들었다.

퍼억! 퍽! 퍽!

달려들던 속도보다 배는 빠른 속도로 튕겨져 나간 정실장을 선두로 몸을 날려 그를 제지 하려던 사내들이 와르르 무너져 내렸다.

"커흑! 쿨럭 쿨럭!"

바닥에 처박힌 채 몸을 일으키려 애쓰다가 기이한 각도로 뒤틀린 채 너덜거리는 오른팔을 쳐다본 정실장이 허탈하게 웃으며 그대로 바닥에 몸을 눕혔다.

그런 그의 귓가로 수하들의 고통에 찬 비명소리들이 연이어 들려왔다.

'쳇! 괴물 같은 놈.'

나직이 투덜거린 정실장이 온몸이 부서진 것 같이 아파왔지만 억지로 손을 움직여 미리 은신해 있던 저격수에게 신호를 보냈다.

"이게 무슨 쪽팔리는 짓인지…… 시팔."

총을 사용하지 않는다는 것. 그것이 그 스스로가 이 길을 걸어가는 동안 결코 넘지 않겠다고 다짐한 마지막 보루와도 같은 것이었다. 그래서 만약을 대비해 저격수를 배치하자는 의견에 계속해서 반대를 해왔던 것이기도 했다. 그런 그의 의견과 상관없이 저격수는 배치됐고 아이러니 하게도 결국 자신의 손으로 저격 사인을 보내게 되고야 말았다.

줄곧 유건을 겨눈 채로 스코프를 통해 모든 상황을 지켜보고 있던 저격수가 신호를 감지하자마자 호흡을 멈추고는 그대로 방아쇠를 당겼다. 대물 저격총으로 꽤나 유명한 바렛 M-82A1특유의 납작한 화살촉 모양의 컴펜세이터가 불을 뿜었다.

콰앙!

강한 소음이 울려 퍼지는 것과 동시에 중앙에 서있던 유건의 허벅지가 터져나갔다.

12.7 × 99mm NATO탄이 유건의 허벅지를 그대로 뚫어내며 바닥에 틀어박혔다.

"큭!"

피가 흘러내리는 허벅지를 부여잡은 채로 괴로워하던 유건이 다시금 허리를 펴고 일어섰다. 어느새 엉망으로 터져나갔던 허벅지가 정상으로 회복되어 있었다.

"······!"

콰앙! 콰앙!

스코프를 통해 이 모든 광경을 생생하게 지켜본 저격수의 눈이 휘둥그레졌다. 이해할 수 없는 현상에 놀란 그가 침을 삼키며 연달아 방아쇠를 당겼다. 그가 여러 저격총들 중에서 굳이 바렛을 택한 이유는 일반적인 볼트액션이 아닌 반자동 형식을 취해서 지금과 같은 상황에서 연속 공격이 가능하다는 장점이 있었기 때문이었다.

총구가 불을 뿜자 이번엔 유건의 가슴어림과 반대쪽 무릎에서 거의 동시에 핏물이 솟구쳤다.

"크윽!"

무릎을 꿇고 괴로워하던 유건이 고개를 돌려 바닥에 틀어박힌 총탄 자국을 바라보았다.

'총?'

유건의 몸에 치명적인 상처를 입힌 무기의 정체는 대인 살상 무기로서 오랫동안 가장 큰 사랑을 받아왔던 총이었다.

그것도 주적이 같은 인간에서 몬스터로 바뀌게 되면서부터 점차 사라지기 시작해 이제는 거의 찾아보기 힘들어진 구식 저격총이었다. 마학과 결합되어 탄생한 요즘 총들은 저런 총알을 날려 보내는 대신 응집된 에너지 탄을 쏘아내게 되어 있었다.

자신을 공격한 것이 총이라는 사실을 알아차린 유건이 다시금 벌떡 일어나자 당황한 저격수가 총구를 돌려 이번에는 그의 머리를 겨눴다.

퍼억!

두 번째 저격이 벌어졌을 때 저격수의 위치를 파악한 유건이 앞으로 달려가려던 자세 그대로 무너져 내렸다.

머리로 날아든 총알이 뇌를 곤죽으로 만들며 반대편으로 뚫고 지나갔다. 마치 폭죽이 터지듯 핏물을 흩뿌리며 머리의 절반정도가 날아갔다. 동시에 유건의 의식의 끈이 툭하고 끊어졌다.

"크오오오오!"

숙주의 생명이 사라질 위기에 처하자 유건의 의식이 끊긴 틈을 타고 그의 의식 저 밑바닥에 자리 잡고 있던 괴물이 본격적으로 꿈틀거리기 시작했다.

단번에 몸의 주도권을 잡은 녀석이 순식간에 머리의 상처를 수복시키고는 곧이어 날아드는 총탄의 충격에도 버틸 수 있도록 몸을 변형시켰다.

빠각! 퍼억!

기묘한 소리를 내며 유건의 몸 여기저기가 뒤틀리기 시작했다. 사지가 길어지고 늘어난 골격을 따라 자연스럽게 몸이 커졌다. 외부로 튀어나온 골격들이 마치 두터운 갑옷처럼 그의 온몸을 감쌌다.

"뭐야…… 저건 대체!"

머리가 터져나간 상대의 모습을 확인한 뒤 총에서 손을 떼고 입에 문 담배에 불을 붙이기 위해 라이터를 찾던 저격수가 유건의 변모하는 모습에 놀라 급히 엎드려 총을 집어 들었다. 그리고는 욕설을 내뱉으며 탄창 하나가 모두 빌 때까지 총격을 가했다. 10발들이 탄창 안에 남아있던 나머지 일곱 발의 총알이 쉴 새 없이 날아갔다.

쾅! 쾅! 쾅!

퍼억! 퍼억!

조금 전과 달리 무척이나 두텁게 변한 유건의 외골격에 나는 헬기도 떨어뜨린다는 바렛의 총탄이 틀어박혔다.

"이…… 이런 제기랄."

이리저리 몸이 흔들리며 뒤로 물러서기만 할 뿐 별다른 타격을 입지 않은 상대의 모습에 욕설을 내뱉으며 급히 탄창을 갈던 저격수의 눈이 부릅떠졌다.

투수가 공을 던지듯 크게 팔을 휘두르는 상대의 모습이 그가 이 땅에서 마지막으로 보게 된 장면이었다.

퍼억!

엄청난 속도로 날아든 총알들이 그의 온 몸을 뚫고 지나갔다. 조금 전 그가 날려 보냈던 바로 그 총알들이었다. 여기저기 꿰뚫린 채 부릅뜬 눈을 감지 못한 저격수가 그대로 땅에 머리를 처박았다.

"커허허허헝!"

저격수를 해치운 뒤 하늘을 향해 엄청난 포효를 내뱉은 유건이 그 자리에서 꺼지듯 사라졌다.

서걱!

소름끼치는 절삭음과 함께 그 자리에 못 박히듯 서 있던 사내들의 몸이 반 토막 나 바닥으로 비스듬히 떨어져 내렸다.

이제는 평범한 인간이라고 부를 수 없을 정도로 변형된 유건이 팔꿈치 근처에 칼날처럼 솟아나 있는 외골격으로 그들의 몸을 베어낸 것이었다.

"으…… 으아아아아. 괴물이야."

조금 전까지만 해도 전의를 불태우며 자리를 지키고 서 있던 사내들이 비명을 질러가며 사방으로 도망쳤다.

"사…… 살려…… 커흑!"

바닥에 주저앉아 미친 듯이 뒤로 물러서던 사내의 얼굴이 반쯤 떨어져나갔다. 그런 그를 발로 짓밟은 채로 포효를 터트리는 유건의 모습에 한쪽에 기대어 앉아 있던 정실장이 덜덜 떨리는 한쪽 손으로 얼굴을 가린 채 처연한 웃음을 지었다.

"시팔, 이게 무슨 할리우드에서 만든 블록버스터 괴물 영화도 아니고……."

그런 그의 눈에 사지가 찢겨진 채 아무렇게나 내동댕이쳐지는 수하들의 모습이 들어왔다.

·   ▼   ·

"휘유~ 아주 작살을 냈구만? 쯧쯧."

조금 전 유건이 광철을 데리고 들어간 건물 안으로 들어선 철환이 유건이 벌여놓은 참극의 현장을 바라보며 혀를 찼다.

그의 뒤를 따라 들어온 가드 스텝 요원들이 발 빠르게 현장을 정리하기 시작했다.

"다행히 아직 죽은 사람은 없는 것 같습니다. 서둘러 병원으로 후송해야 할 만큼 상태가 안 좋은 사람들은 몇 명 있긴 합니다만⋯⋯."

3팀의 팀장 김민호의 보고를 들으며 가볍게 고개를 끄덕이던 철환이 말했다.

"그래도 아직까지는 이성이 남아있나보네. 죽은 사람이 없는 걸 보면 말이야. 서둘러 이곳을 정리하고 경찰 쪽에서 이번일로 시끄럽게 굴지 않도록 잘 조치하도록."

"넵."

"아참, 그쪽은 누가 나가있지?"

"1팀입니다."

"그래? 그럼 알아서 잘 처리하겠군."

1팀을 맡고 있는 팀장의 꼬장꼬장한 얼굴을 떠올린 철환이 가볍게 고개를 끄덕이며 김민호를 향해 손짓했다.

　밖으로 나와 담배를 꺼내 입에 물고 라이터를 찾던 유건이 미간을 찌푸렸다. 그의 수신기에서 흘러나오는 다급한 목소리 때문이었다.

　"그게 무슨 소리야?"

　그 순간 온몸의 솜털이 곤두 설만큼 강렬한 기파가 그의 몸을 때리고 지나갔다.

　"그래, 나도 방금 느꼈다. 제임스 녀석보고 이리로 오라고 하고 사방 1km내에 있는 모든 사람들을 대피시키도록. 뭐? 강남이 뭔 대수야? 죽고 싶으면 그 자리에 남아있으라고 하던지! 그래 알았다 최대한 노력해볼게."

　피부가 따끔거릴 만큼 사나운 기세가 저만치서 느껴졌다. 지난번에 폭주했던 적응자에게서 느꼈던 것과 비슷한 기운이었다. 그 방향으로 고개를 돌린 철환이 손을 올려 귀걸이를 빼냈다.

　"애송이, 그대로 먹히지 마라."

　입에 물고 있던 담배를 뱉어낸 철환이 땅을 박찼다.

· ▼ ·

　조금 전 창문이 터져나갈 때 즈음부터 불안한 기색을 보이던 한국 건설 이사 김재균이 천둥이 치는 것 같은 바렛의 총성에 화들짝 놀라 자리에서 일어섰다.

"이…… 이거 아무래도 자리를 피하는 게 좋을 것 같습니다만?"

"허허허허, 제법 능력 있는 놈이 쳐들어오긴 했습니다만 그리 불안해하실 필요 없습니다. 자! 보십시오. 아무리 잘난 녀석이라도 총 앞에서는 무기력할 뿐이지요."

그의 말대로 저격당한 유건이 핏물을 흩뿌리며 바닥에 무릎을 꿇고 있었다.

"아…… 하하하하, 과연 그…… 그렇군요."

그의 말에 진땀을 닦아가며 자리에 앉은 그의 두 눈이 휘둥그레졌다.

"저…… 기 박회장님?"

놀란 그의 물음에 시종일관 여유를 잃지 않던 박회장의 얼굴에서 표정이 사라졌다.

저격당해 엉망으로 나뒹굴고 있었던 상대가 멀쩡한 모습으로 일어섰기 때문이었다. 그가 일어나자마자 두 번의 총성이 연이어 울려 퍼졌다.

그리고 잠시 후 시종일관 여유를 잃지 않고 있던 박회장의 눈이 부릅떠졌다. 다시금 일어선 상대의 모습을 바라보는 그의 눈동자가 좌우로 흔들렸다.

이 자리에 오르는 동안 수많은 험한 일들을 겪어왔고 그로 인해 어지간한 일에는 눈 하나 깜짝하지 않는 그였지만 지금 눈앞에서 벌어지는 일은 그로서도 이해할 수 없는 범주에 속한 것이었다.

혼란스러운 그의 마음을 읽기라도 한 듯 곧바로 총격이 이어졌다. 두 번의 총격을 맞고도 멀쩡한 모습으로 일어섰던 상대의 머리가 폭죽처럼 터져 나갔다.

그제야 흔들리던 그의 눈동자가 제 자리를 찾았다. 총에 맞아 머리가 터져나가고도 멀쩡할 인간은 없을 테니까.

"후후후후 이제야 정리가 됐나봅니다. 남은 술이나 마저 드시지요."

다시금 평정을 되찾은 박회장이 좌불안석 어쩔 줄 몰라 하는 김재균을 향해 술잔을 건넸다.

"으헉!"

"……?"

술잔을 받으며 무심코 전면을 바라본 김재균이 술잔을 떨어뜨리며 경악성을 토해냈다. 그런 그의 모습에 박회장이 미간을 찌푸리며 고개를 돌렸다.

"헉!"

동시에 그의 얼굴에도 김재균과 같은 경악의 빛이 떠올랐다.

"저게 무…… 무슨?!"

그의 눈에 괴이하게 변형된 괴물의 모습이 들어왔다.

"크오오오오!"

뒤이어 온 몸의 솜털이 곤두서게 만드는 괴성이 울려 퍼졌다.

덜덜덜덜.

자신의 의지와 상관없이 술잔을 들고 있던 그의 손이 간질에 걸린 사람처럼 위아래로 사정없이 흔들렸다. 술잔을 가득 채우고 있던 술이 사방으로 흘러내렸다.

"흐흑!"

본능을 자극하는 괴성에 놀라 뒤로 나자빠진 김재균의 다리 사이가 이내 흥건하게 젖어들었다. 곧이어 꿍음을 토해내는 총소리가 연달아 울려 퍼졌다.

그리고 이어진 이해할 수 없는 현상에 박회장이 자리에서 벌떡 일어섰다.

'괴……물!'

그리고는 어느새 그의 곁으로 다가온 조직원을 따라 급히 걸음을 옮겼다.

공포에 질려 정신을 차리지 못하고 있던 한국건설 이사 김재균이 그제야 혼자 남겨졌다는 사실을 깨닫고는 저만치 걸어가고 있는 박회장을 애타게 불렀다.

"헉! 바…… 박회장님?!"

조금 전까지만 해도 간이며 쓸개며 다 빼줄 것처럼 살갑게 굴던 박회장이 그런 그의 부름에도 아랑곳하지 않은 채 비상출구로 급히 걸음을 옮겼다.

허둥지둥 일어나 그의 뒤를 따라가려던 김재균이 그 자리에 못 박힌 듯 멈춰 섰다.

퍼억!

"커흑!"

어느새 날아든 괴물이 손을 뻗어 박회장의 목 줄기를 움켜쥔 채로 들어올렸다. 공중에 대롱대롱 매달려 괴로운 신음소리를 흘려대는 그의 눈에 상체와 하체가 분리된 채로 처참하게 구겨져 한쪽 구석에 처박힌 수하의 모습이 들어왔다.

비상출구를 코앞에 두고 사로잡힌 박회장이 서서히 목을 조여 오는 괴물의 손길에 괴로워하며 거세게 몸부림쳤다.

"크르르르……."

그렇게 살기위해 발버둥 치는 박회장을 끌어당겨 자신의 얼굴에 가까이 가져다 댔다. 괴물로 변모한 유건의 타는 듯이 붉게 변한 눈동자가 고통으로 인해 일그러진 박회장의 모습을 한참동안 쳐다보는가 싶더니 그를 붙잡고 있던 손을 놓아버렸다.

털썩.

"콜록 콜록…… 컥컥……."

바닥에 엎드린 채 연신 기침을 해대며 침을 흘려대던 박회장이 갑자기 드리운 어두운 그림자에 의아한 눈빛을 띠며 위를 올려다봤다.

'응?'

퍼억!

그 순간 거대한 발이 그의 얼굴을 향하여 떨어져 내렸다. 엄청난 양의 핏물과 내장조각들이 사방으로 흩어졌다. 형체조차 알아볼 수 없을 만큼 엉망으로 으스러져 버린 것이었다. 서울의 밤거리를 휘어잡던 거대 조직을 이끄는 이의 최후치고는 무척이나 허망해보였다.

덜덜덜덜.

미친 듯이 떨리는 손으로 새어나오는 비명을 삼키기 위해 입을 틀어막고 있던 김재균의 눈에서 굵은 눈물이 흘러내렸다. 행여나 저 괴물이 자신에게 고개를 돌리지나 않을까 전전긍긍하는 마음으로 입을 틀어막은 손에 힘을 더했다.

그 간절한 마음이 통한건지 몰라도 잠시 눈을 깜빡 거린 사이 괴물의 모습이 시야에서 사라졌다.

'가…… 가버린 건가? 휴우……'

속으로 안도의 한숨을 내쉬는 찰나 그의 눈이 부릅떠졌다. 그리고 그의 상체가 비스듬히 기울어진 채 바닥으로 떨어져 내렸다. 그의 눈에 바닥을 디디고 서있는 자신의 두 다리가 보였다. 그리고 세상이 암흑으로 변해버렸다.

단숨에 몸을 날려 김재균의 뒤로 돌아가 그의 몸을 잘라 버린 유건이 천천히 장내를 돌아보았다.

"크르르르……."

각종 신음소리와 고통에 찬 비명소리들이 가득한 장내에는 더 이상 멀쩡하게 서있는 사람이 없었다.

부족하다! 더 죽이고 싶다!

타는 듯이 붉게 번들거리는 눈이 조금 전 박회장이 피신하려던 비상 출구로 향했다.

· ♦ ·

터엉!

한옥 입구에서부터 단 한 번의 도약으로 단숨에 실내로 들어온 철환이 피비린내 가득한 내부를 둘러보며 미간을 찌푸렸다. 죽은 자들과 살아서 비명을 질러대는 이들의 몸에서 흘러나온 배설물의 악취와 뒤섞인 피 냄새는 전장에 익숙한 철환조차 인상을 찌푸리게 만들었다.

주변을 살피던 철환이 한쪽 구석에 앉은 자세로 가쁜 숨을 몰아쉬고 있던 정실장을 발견했다.

단숨에 그의 앞으로 도약한 철환이 빠른 손동작으로 그의 몸에 고도의 기술로 정제된 최고급 모르핀을 주사했다. 빠르게 약효가 돌자 흐리멍덩하던 그의 눈에 다시금 초점이 잡혔다.

공포가 가득한 눈으로 주변을 살피는 정실장의 멱살을 잡아 챈 철환이 그의 얼굴을 가까이 가져다 대며 말했다.

"어디로 갔나?"

"괴…… 괴물……."

덜덜 떨리는 몸을 주체하지 못한 채 같은 소리만 반복하는 그의 얼굴에 세차게 따귀를 날린 철환이 다시금 질문했다.

"어디로 갔나?"

그제야 철환의 질문을 이해했는지 정실장이 한쪽 팔을 들어 유건이 빠져나간 비상 출구를 가리켰다. 그리고 난 뒤 다시금 전면을 바라보았지만 조금 전 자신을 향해 질문을 던지던 사내의 모습을 찾아볼 수 없었다.

모르핀의 각성효과로 인해 제 정신을 차린 정실장이 비교적 멀쩡한 한 팔로 기어 엉망이 된 채로 쓰러져 있는 친우를 향해 다가갔다.

"크흑, 태…… 태범아……."

엄청난 속도로 비상 통로를 달리던 철환이 소리를 질렀다.

"녀석의 정확한 위치 지금 즉시 전송하고 현장에 수습

할 요원들 좀 보내. 3팀가지고는 어림도 없으니까 놀고 있는 애들 전부 보내. 제임스는? 뭐? 이런 제기랄! 알았으니까 서둘러. 대피는? 쳇! 말 안듣는 건 동네 개새끼나 사람이나 마찬가지구만."

미간을 찌푸린 채 달리는 철환의 귓가에 몬스터의 그것과 유사한 포효소리가 희미하게 들려왔다.

"젠장, 애송이! 조금만 기다려라."

터엉!

순간 바닥이 패일 정도로 강하게 내디딘 철환의 몸이 한 줄기 빛으로 화했다.

· ⚛ ·

강남에서도 밤거리가 가장 화려하기로 유명한 유흥가 밀집 지역.

대낮처럼 밝은 그곳에는 꽤나 늦은 시간이었음에도 불구하고 수많은 사람들이 오가고 있었다.

쿠웅!

수많은 사람들이 오고가는 사거리 한복판에 모습을 드러낸 유건을 바라보며 술 취한 중년 남자가 소리를 질러댔다.

"웅? 넌 뭐야 이 새끼야? 뭔데 내가 가는 길을 막아?

앙? 히끅!"

"크르르……."

"꼽냐? 새끼야? 앙? 큭! 커흑!"

가볍게 손을 내뻗은 유건에 의해 남자는 더 이상 술을 마실 수 없는 몸이 되어버리고 말았다.

"꺄아아악!"

"흐헉! 저…… 저게 뭐야?"

중년 사내를 양손으로 높이 들어 반으로 찢어버린 유건의 모습에 사람들이 미친 듯이 비명을 지르며 사방으로 도망쳤다. 개중에는 술에 취해 제대로 상황판단을 하지 못해 멍하니 바라보고 있는 이들도 있었다.

"크오오오오!"

유건이 하늘을 향해 두 팔을 벌리며 거세게 포효하자 도망가던 사람들이 마치 뭐에 붙들리기라도 한 듯 그 자리에 멈춰 섰다.

쉬칵!

유건의 팔꿈치에서 돋아나와 거의 2m크기로 자라난 외골격이 날카로운 칼날이 되어 수많은 사람들을 난도질하기 시작했다.

아비규환(阿鼻叫喚)

모처럼의 금요일을 맞이하여 한 주간 쌓인 스트레스를 풀어보고자 밤거리로 나왔던 사람들이 처참한 몰골이 되어 바닥을 피로 물들이고 있었다.

유건이 고개를 돌려 구석에 몰려있는 한 무리의 사람들을 향해 팔을 휘두르려는 찰나 굉음과 함께 그의 몸이 한쪽으로 튕겨져 날아갔다.

"헉헉헉헉…… 이 새끼. 헉헉……."

그를 날려보낸 철환의 온 몸에서 하얀 김이 모락모락 피어올랐다. 다급한 나머지 달리는 와중에 두 번째 봉인까지 해제한 그가 전력을 다해 달려왔건만 시민들의 피해를 온전히 막아내지 못했다.

주변에서 들려오는 각종 비명소리가 그의 귓가를 애처롭게 울렸다.

'젠장! 1km가 아니라 10km를 소개(疏開)했어야 했어.'

뒤늦게 자책해보지만 이미 엎질러진 물. 철환은 자신을 향해 천천히 다가서는 유건의 모습을 바라보며 인상을 찌푸렸다.

거대한 갑주를 입고 있는 것처럼 외골격에 둘러싸인 채 붉은 안광을 흩뿌리고 있는 녀석의 모습에서 조금은 앳되어 보이던 유건의 모습을 전혀 찾아 볼 수 없었기 때문이었다.

"쳇, 결국 먹힌 건가?"

그의 혼잣말에 대답이라도 하듯이 유건이 커다랗게 돋

아난 송곳니를 드러내며 으르렁거렸다.

"크르르……."

"청염(靑炎)!"

손 위에서 넘실대는 푸른 불꽃을 검으로 옮긴 철환이 그런 유건을 바라보며 말했다.

"뼛조각 하나 남기지 않고 모조리 불태워 주마!"

공간을 접듯이 엄청난 속도로 쇄도한 철환이 푸른 불꽃을 머금은 대검을 맹렬하게 휘둘렀다.

까앙!

팔을 들어 이를 막아낸 유건이 단숨에 철환의 안쪽으로 파고들어 그의 목을 물어뜯기 위해 거대한 입을 벌렸다. 그의 입에서 역한 냄새가 훅 하고 밀려들었다.

그가 입을 벌리고 있는 찰나 철환이 팔꿈치를 휘둘러 그의 악관절이 있는 부위를 강하게 가격했다.

쩌억!

뼈에 금이 가는 소리와 함께 유건이 괴성을 지르며 뒤로 물러섰다. 이번엔 반대로 철환이 그런 유건의 품으로 파고들며 대검을 밑에서부터 위로 그어 올렸다.

화르륵!

순간 가속이라도 한 것처럼 순식간에 뒤로 물러선 유건의 전면을 그의 대검이 스치고 지나가자 검을 에워싸고 있는 청염의 불꽃이 마치 살아있는 것처럼 넘실거렸다.

기세를 살린 철환이 계속해서 몸을 회전시키며 날카로운 검격을 날려댔다.

퍼어엉!

양손을 교차해 날아드는 검을 막아낸 유건이 한쪽 건물의 상가 유리창을 깨부수며 날아가 처박혔다. 그 즉시 마법진을 소환한 철환이 시동어를 외쳤다.

"플레임 버스트(Flame Burst)!"

콰아아앙!

상가 건물을 날려버리기라도 할 것처럼 강렬한 폭음과 함께 엄청난 불기둥이 공중을 향해 솟구쳤다.

전형적인 검사인 철환은 틈이 날 때마다 마법사들에게 부탁해 한 두 가지 정도의 마법을 비상용으로 준비해서 다니는데 이번 마법은 오래 전 만났던 유럽 쪽 가드요원에게 답례의 의미로 받았던 것이었다. 비록 일회용이긴 하지만 무척이나 요긴하게 쓰이는 탓에 자주 애용하는 편이었다.

"호오~"

그때 당시 화염계열에 속한 마법들 중 꽤나 상위계열에 속하는 마법이라고 자랑을 늘어놓던 상대에게 건성으로 고개를 끄덕여주고 말았지만 막상 이렇게 사용하고 보니 자랑할 만하다는 생각이 들었다.

마법 자체가 지닌 엄청난 파괴력에 건물 한쪽 귀퉁이가

그대로 무너져 내렸다.

콰아앙!

잠시 후 무너져 내린 건물의 잔해를 사방으로 튕겨내며 불꽃에 휩싸인 유건이 모습을 드러냈다.

불이 붙은 채 걸어 나오는 그의 몸에서 진물이 흘러내렸다. 처참하기 그지없었던 온 몸의 상처가 채 몇 발 내딛지도 않았는데도 불구하고 순식간에 회복되기 시작했다. 그리고는 이내 찰갑을 입은 것처럼 출렁이며 그의 피부가 변모하기 시작했다.

"응?"

회복되는 모습이야 충분히 예상했던 범주에 속하는 것이었기에 놀라지 않고 있었던 철환의 눈이 조금 전과 판이하게 다를 정도로 변화된 유건의 겉모습에 이채를 띠었다.

'그 짧은 시간에 회복하는 것도 모자라서 적응까지?'

철환이 자신의 생각이 맞는지 확인해 보기위해 검에서 걷어낸 청염을 마치 반딧불처럼 사방으로 날려 보냈다.

"크르?"

유건의 사방을 에워싼 채 푸르게 빛나던 청염이 철환의 손짓에 따라 가운데를 향해 빠르게 쇄도했다. 유건을 가운데 두고 하나로 합쳐진 청염이 거세게 불타올랐다.

"쿠오오오오!"

터엉!

오른 발을 들어 강하게 땅을 구른 유건이 이를 지켜보고 있던 철환을 향해 쇄도했다. 마치 거대한 푸른 불덩이가 날아드는 것 같은 착각이 들 정도였다.

철환이 지금까지와 판이하게 다른 부드러운 움직임으로 손을 뻗어 유건을 받아넘기자 달려들던 속도 그대로 다른 방향으로 날아간 유건이 바닥에 그대로 처박혔다. 어느새 청염은 철환의 손에 회수된 상태였다.

몸을 일으키는 유건이 비틀거렸다. 청염은 존재의 근원이 되는 영혼 그 자체에 타격을 입히는 마법의 불꽃이었기에 비교적 멀쩡한 겉모습과 달리 제 정신을 차리지 못하고 있었다. 그렇다고 해서 일반적으로 불이 지니는 속성을 배제한 것은 아니었기에 저렇듯 겉모습이 멀쩡할 수는 없었다. 그의 겉모습에 자신의 추측을 확신으로 바꾼 철환이 가만히 고개를 끄덕였다.

'과연 적응자라고 해야 하나?'

잠시 후 괴로움에 고개를 흔들며 비틀거리던 유건이 두 발로 굳건하게 땅을 디딘 채 붉은 눈동자로 그를 노려봤다.

그와 눈이 마주친 철환이 순간 그 자리에 못 박힌 것처럼 굳어버렸다.

그 잠깐의 틈을 타고 쇄도한 유건의 주먹이 어느새 그의 코앞에 다다라 있었다.

"쳇!"

몸의 마비가 풀리는 즉시 고개를 틀었지만 온전하게 피해내지 못했다.

"크윽!"

살짝 스치기만 했는데도 골이 흔들리고 코에서 피가 터져 나왔다. 이어서 날아드는 무지막지한 공격에 철환은 흔들리는 시야가 제대로 회복되지 않아 수세에 몰릴 수밖에 없었다.

콰앙!

아슬아슬하게 움직이던 그가 미처 피해내지 못한 일격을 가까스로 검을 들어 올려 막아냈다.

"커흑!"

유건의 주먹에 강화마법으로 보호받는 그의 애검이 두 동강이 나버렸다. 부러진 검과 함께 한참을 날아간 철환이 콘크리트 바닥에 여러 번 부딪히며 나뒹굴었다.

"콜록…… 콜록…… 커흑!"

머리가 두 개 달린 변종 오우거의 주먹에 정통으로 얻어맞았을 때에도 이정도 까지 엉망이 되진 않았었다.

검으로 일차적인 방어를 했음에도 불구하고 몸속으로 파고들어 전신으로 퍼져나가는 강렬한 충격은 마치 작정하고 날린 무신(武神)의 일격을 처음 받아냈을 때 느꼈던 것과도 같았다.

　으득!

　주먹을 쥐고 바닥에서 서서히 일어서는 철환의 몸에서 아지랑이 같은 기운이 일렁거렸다.

　"으…… 아! 애송이~이!"

　거친 고함과 함께 콘크리트 바닥이 패일 정도로 강하게 땅을 구른 철환이 유건을 향해 달려갔다. 어느새 빼내버린 세 번째 봉인인 검은색 귀걸이가 공중에서 반짝였다.

　콰아아앙!

　두 사람의 강렬한 격돌에 사방에 있던 건물의 유리창들이 모조리 터져 나갔다.

　잠시 후 뒤늦게 도착한 가드 스텝 요원들에 의해 신속하게 격리 처리된 구역 중심부에서 멀리서도 확연히 구분할 수 있을 만큼 거대한 불기둥이 밤하늘을 뚫고 높이 솟아올랐다.

#5. A fresh start

NEO MODERN FANTASY STORY

적응자

#5. A fresh start

청와대 내에 자리한 접견실에서 두 명의 사내가 마주 앉아 대화를 나누고 있었다. 두터운 문과 특별히 처리된 장치로 인해 원치 않는 말이 새어나갈 염려가 없는 곳이었다.

"이번 사건은 이대로 잘 마무리 될 것 같습니다."

반 백발을 한 짧은 머리를 멋스럽게 빗어 넘긴 사내가 전면에 앉아있는 박태민을 향해 웃으며 말을 건넸다.

"가드 대한민국 지부를 대표해 진심으로 감사드립니다. 이번 일에 대한 감사를 잊지 않고 충분한 보답을 해드릴 겁니다."

"허허허허, 이거 어디 우리가 남입니까? 무슨 그런 섭섭한 말씀을……."

'너구리 같으니라고…… 새롭게 제공한 정보의 가치가 그만큼 크다는 말이겠지.'

너털웃음을 지으며 손사래를 치는 상대의 모습에 내심과 달리 부드러운 미소를 지은 박태민이 자리에서 일어나며 손을 내밀었다.

"저는 이만 가보도록 하겠습니다. 다음에는 제가 모시도록 하지요."

"허허허허, 이거 제가 바쁜 분을 너무 오래 잡고 있었나 봅니다. 어서 가서 일 보세요."

사내를 향해 가볍게 목례를 한 박태민이 몸을 돌려 문밖으로 나섰다.

그가 시야에서 사라지자마자 언제 그랬냐는 듯 웃음기를 지운 사내가 의자에 앉아 인터폰을 눌렀다.

"김박사 연결해."

잠시 연결음이 울려대던 인터폰에서 노인의 것으로 보이는 음성이 들려왔다.

"김박사입니다."

"샘플 확인했나?"

"네, 확실합니다."

"그래? 결과는 언제쯤 볼 수 있겠나?"

"여러 가지 실험을 더 해봐야겠지만 한 달 이내로 프로토타입(Prototype)을 확인 할 수 있으실 겁니다."

"좋군, 아주 좋아. 기대하겠네."

"실망시켜 드리지 않을 겁니다."

"그래야지. 암! 그럼 수고하게."

"넵."

만면에 웃음을 머금은 사내가 의자에 깊숙이 몸을 묻으며 눈을 감았다.

"적응자라……."

                    •   ▲   •

가드 대한민국 지부에 마련돼 있는 의무실.

핏기 없는 창백한 얼굴로 누워있는 유건의 얼굴을 물수건으로 닦아내던 성희가 달라붙은 머리카락을 조심스럽게 걷어냈다. 짧았던 머리가 어느새 길게 자라나 얼굴을 덮고도 남을 지경이었다.

"휴우~"

혹여나 그가 들을까 조심스럽게 한숨을 내쉰 그녀가 물을 떠왔던 대야를 들고 화장실로 향했다.

그날의 사건 이후 엉망이 된 유건이 이곳에 실려 온지도 벌써 삼 개월이라는 시간이 흘렀다.

차마 눈을 뜨고 볼 수 없었던 상처들은 시간이 지나면서 자연스럽게 회복되었지만 아직까지 의식이 회복되지 못하고 있었다.

다시금 그의 곁에 걸터앉아 헝클어진 머리를 매만져 주던 성희의 얼굴에 그늘이 졌다.

그날 벌어진 사건은 최종적으로 대형 가스 폭발 사고로 밝혀졌다. 그리고 대부분의 사망자들 또한 사고 희생자로 처리됐다.

주요 언론에서는 이러한 가스 폭발 사고를 메인으로 다루며 가스를 비롯한 각종 위험 요소들에 대한 안전도에 의문을 제기하고 전면적인 재평가를 해야 한다고 연일 소리를 높였다.

일부에서는 새로운 몬스터의 소행이라는 의견이 제시되었지만 그러한 의견은 금세 자취를 감췄다. 그리고 실제로 사건 현장에서 뿜어져 나오는 거대한 불기둥을 목격한 사람들이 훨씬 많았기 때문에 그 밖의 다른 의견들은 정부의 발표를 누를만한 설득력이 없었다.

포탄에 두들겨 맞은 것처럼 여기저기 무너져 내린 건물들을 복구하는 일과 피해자들에 대한 보상 문제를 다루느라 연일 시끄러웠던 언론들도 한 달 정도 지나자 금세 관심을 돌려버렸다.

희생자 유가족들이 명확한 진상 규명을 위해 백방으로 노력하며 애를 써봤지만 여기저기서 발생하는 이레귤러로 인해 잔뜩 움츠려든 민심은 요동조차 하지 않았다. 타인의 죽음에 관심을 가질 만큼 여유로운 사회가 아니었기 때문이었다. 그나마 다른 곳에 비해 제법 안전하다고 생각되어 왔던 수도 서울에서도 최근 연달아 발생하는 이레귤러의 증가로 인해 거리를 돌아다니는 사람들의 숫자가 눈에 띄게 줄어든 상태였다.

사망자 134명, 부상자 879명, 실종자 189명

그날 공식 집계된 피해자의 숫자였다. 이로 인해 직간접적으로 입은 잠정 집계된 재산피해액은 거의 1300억 원에 육박했다.

대부분의 피해는 마지막에 발생한 불기둥으로 인한 것이긴 했지만 어떻게 단순한 가스 폭발로 그런 대규모의 피해를 입을 수 있는 지에 대한 의문들은 여전히 남아 있었다. 이에 대한 기사거리를 건지기 위해 연일 기자들이 사건 현장을 기웃거렸지만 정부의 철통과 같은 보안으로 인해 멀찌감치 서서 사진을 찍는 걸로 만족해야만 했다.

연일 언론을 뜨겁게 달궜던 사건이었기도 했지만 사건의 중심에 선 인물이 자신과 특별한 인연으로 엮인 유건이라는 사실에 성희의 마음이 날이 갈수록 무거워졌다.

얼핏 전해들은 이야기로는 유건이 폭주했고, 그런 그를 막아내는 과정 중에 발생한 사상자의 숫자가 제법 많았다고 했다.

비공식적으로 처리된 이들의 숫자까지 합치면 그 수는 지금보다 훨씬 더 늘어났을 터였다.

무슨 말을 건네도 헤실 거리기만 하던 그가 그 많은 사람들을 죽게 만든 원인 제공자라니 듣고도 믿을 수가 않았다.

지난 삼 개월 동안 각성한 능력을 인지하고 이를 활용하는 방법을 익히느라 정신없이 보내긴 했지만 그 와중에도 하루도 빠지지 않고 이곳에 들려 그의 몸 구석구석을 닦아 주는 일을 자처한 그녀였다.

조금은 말라 보이는 유건의 얼굴을 바라보는 그녀의 눈에 눈물이 고였다.

'어서 일어나요. 일어나서 대체 무슨 일이 있었던 건지 말 좀 해봐요.'

이 낯선 환경 속에서 유일하게나마 위안이 되어주었던 그의 존재가 얼마나 컸는지 그가 정신을 차리지 못하고 있는 동안 그녀는 절실히 느낄 수 있었다.

갑자기 등장한 S급 능력자의 등장은 기존의 가드 요원들에게 있어서 그리 달가운 일만은 아니었다. 그저 그런 등급도 아닌 S등급 이였다. 한 지부에 한두 명 밖에 존재하지 않는 전략병기와 동급의 취급을 받고 있는 것이 바로 S등급이 부여된 능력자들이었다.

그나마 그녀의 능력이 공격이 아닌 방어에 특화된 것으로 밝혀진 이후 조금 덜해지긴 했지만 여전히 그녀를 바라보는 사람들의 시선은 우호적이지 않았다.

자신을 둘러싼 어려운 상황 속에서 마음 둘 곳 없이 방황하는 그녀에게 있어서 유일하게 위안을 얻을 수 있는 대상이 바로 유건이었다.

비록 하루나가 곁에서 여러모로 많은 도움을 주고 있기는 했지만 엄연히 그녀는 가드에 속해있는 사람이었기에 처음부터 존재했던 거리감은 그리 쉽게 좁혀지지 않았다.

그런 그녀의 마음을 아는지 모르는 지 눈을 감고 누워있는 유건은 고른 숨을 내쉬며 깊은 잠에서 빠진 채 깨어나지 못했다.

·　·　✦　·

지부 내에 깊숙한 곳에 자리한 공간이 사방을 빼곡하게 뒤덮고 있는 마법진에서 뿜어져 나오는 빛으로 인해 형형색색으로 빛나고 있었다. 그 한복판에 가부좌를 틀고 앉아있는 이의 정체는 바로 철환이었다.

그런 그의 몸을 마치 망토처럼 두르고 있는 어둠이 마치 살아있기라도 한 듯 일렁거렸다.

한쪽 팔에 깁스를 하고 앉아 있는 그의 미간이 순간 꿈틀거렸다. 폭주한 유건과 맞서기 위해 삼 단계 봉인까지 해제 했던 여파로 인해 그의 내부에 자리 잡은 녀석이 미친 듯이 날뛰고 있었기 때문이었다. 그렇지 않아도 광포한 녀석이 한 차례 자유를 맛본 탓인지 몰라도 이번에는 유독 오랫동안 거칠게 저항을 해대고 있었다.

눈을 반개 한 채 깊은 내면의 세계로 침잠해 들어간 철환의 앞에 유건과의 결전의 현장이 다시금 펼쳐졌다.

*   ☸   *

"으…… 아! 애송이~이!"

이를 악다물고 세 번째 봉인까지 해제해 버린 철환의 몸이 마치 탄환처럼 전면을 향해 날아갔다. 그의 사지 백해를 향해 뻗어나가는 미증유의 거력으로 인해 옷이 터질 듯이 부풀어 올랐다. 그가 입었던 내상은 단숨에 씻은 듯이 사라져 버렸다. 그리고 그 빈자리를 다른 기운이 차지했다.

콰아아앙!

중앙에서 격돌한 두 사람이 각기 다른 방향으로 날아가

건물을 엉망으로 부숴가며 처박혔다.

거의 동시에 무너져 내린 건물 잔해를 떨쳐내며 튀어나온 두 사람이 엄청난 속도로 서로를 향해 달려들었다.

주먹을 내뻗는 철환의 모습이 가로등 빛을 받아 은색으로 번뜩였다.

코드명 Silver Knight

철환이 각성한 이능이 발현된 모습을 보고 난 모든 사람들은 그에게 부여된 코드명에 한결같이 고개를 끄덕였다.

지구상에 존재하지 않는 금속 물질로 온 몸이 변환되어 공격과 방어에 있어서 타의 추종을 불허하는 능력을 부여해주는 것이 바로 그의 이능이었다.

평상시 내부에 스며든 기운을 봉인하기 위해 전력을 다해왔던 그의 이능이 봉인이 전부 풀리며 비로소 그 정체를 드러내게 된 것이었다.

퍼억!

동시에 주먹이 부딪혔음에도 불구하고 그 결과는 조금 전과 판이하게 달랐다. 갑주를 갖춰 입은 기사의 그것처럼 은빛으로 빛나는 철환의 주먹에 유건의 팔이 보기 흉하게 뒤틀리며 뒤로 튕겨져 나갔다.

"크아!"

시간을 되돌리기라도 하듯이 무척이나 빠른 속도로 상
처가 회복된 유건이 괴성을 토해내며 철환을 향해 엄청난
속도로 주먹을 날려댔다.

쾅! 쾅! 쾅! 콰쾅!

마치 거대한 해머로 철판을 두드리는 것 같은 굉음이 연
달아 울려 퍼졌다.

주르르륵.

거의 유건과 맞먹는 크기를 자랑하는 철환의 몸이 주먹
에 실린 여력에 밀려 조금씩 뒤로 물러났다.

그러나 그에게 직접적으로 전해지는 충격은 없었다. 어
느새 그의 전면에 자리 잡은 은빛 방패가 그 모든 공격을
넉넉하게 막아내고 있었기 때문이었다.

방패 뒤에 몸을 숨긴 채 기회를 보던 철환이 눈을 번뜩
이며 방패 아래로 보이는 유건의 발등을 방패와 함께 만들
어낸 은빛 대검으로 찍어 내렸다.

쩍!

그의 날카로운 일격에 유건의 두터운 발목이 뼈째 잘려
나갔다. 그로 인해 주먹을 날리려던 그의 몸이 휘청거렸
다. 그 틈을 놓치지 않고 방패로 전면을 밀어내며 쇄도한
철환의 대검이 유건의 몸을 길게 베어냈다.

그그그그극!

마치 철판을 긁는 것 같은 소리와 함께 유건의 거대한

몸이 뒤로 튕겨져 나갔다.

한참을 날아가 건물의 외벽을 부수는 것도 모자라 내부를 엉망으로 휘저으며 나뒹구는 유건의 모습을 철환이 무심한 눈으로 내려다 보았다.

처음 그의 모습을 접하게 되는 이들은 겉으로 드러나는 그 유려함에 먼저 놀라게 되고 뒤이어 어지간한 몬스터들을 압도하는 그 강력함에 다시 한 번 놀라게 된다.

쿠콰콰쾅!

유건이 파묻혀 있던 건물의 잔해가 폭발에 휩쓸리기라도 한 것처럼 사방을 향해 맹렬한 속도로 날아갔다.

텅. 텅.

날아드는 건물의 잔해가 이를 막기 위해 앞으로 내민 은빛 방패에 부딪혀 여기저기로 튕겨져 나갔다.

방패로 전면을 가리고 살며시 자세를 낮춰 언제든지 반격을 가할 수 있도록 대비하는 그의 모습은 실로 달빛 아래 홀로 고고하게 빛나는 기사(Silver Knight) 그 자체였다.

"크오오오오!"

온 몸을 뒤덮고 있던 잔해를 날려 보낸 뒤 한바탕 포효를 내지른 유건의 외형이 조금 전과 달리 변형되기 시작했다. 몸의 전체적인 크기는 조금 작아졌지만 그 밀도는 이전과 비교될 수 없을 정도였다.

비교적 엉성하게 구성되어 있던 외골격 또한 좀 더 촘촘하게 변했다. 그렇게 변화된 그의 겉모습은 그를 마주 보고 있는 철환과 어딘가 모르게 무척이나 닮아있었다.

한 줄기 질풍처럼 맹렬하게 쇄도하는 유건의 모습이 순간 시야에서 사라졌다.

'왼쪽!'

투콰앙!

급히 몸을 돌려 방패를 기울이자 이내 손목이 지끈거릴 정도로 강렬한 충격이 전해져왔다.

"쳇!"

순식간에 상대의 모습이 반대쪽에서 나타났다.

쿠쿵!

묵직한 중병기로 내려치기라도 한 것처럼 그의 방패 전면이 출렁거렸다. 조금 전에 비해 뼛속까지 울려대는 중량감도 아찔 정도의 빠르기로 움직이는 몸놀림도 배는 차이가 났다.

그러나 당황하기도 잠시 가장 최적화된 방어 태세를 갖춘 철환이 연신 방패를 기울이며 묵묵히 공격을 막아내고 있었다.

몸의 형태가 변하면서부터 같은 형체를 가진 이들 중 최고의 중량을 자랑하게 된 그였기에 유건의 엄청난 공세에도 불구하고 날아가지 않고 자리를 지켜낼 수 있었던 것이었다.

터컹!

밑에서 올려치는 유건의 주먹을 막아내던 철환의 얼굴에 다급함이 서렸다.

맹렬하게 회전하던 유건의 주먹에 이를 막아내던 방패가 한쪽으로 튕겨져 버렸기 때문이었다. 방패를 들고 있던 오른손이 열리며 그의 전면이 드러났다.

"크오오오!"

모처럼 찾아온 기회를 놓치지 않고 그대로 어깨를 앞세워 돌진한 유건의 단단한 몸이 은빛으로 반짝거리는 철환의 가슴을 들이 받았다.

터엉!

마치 거대한 종을 울리는 것 같은 굉음과 함께 철환의 신형이 한참을 뒤로 날아갔다.

건물의 한쪽이 허물어지며 한쪽 구석에 처박힌 그의 몸 위로 수많은 잔해들이 쏟아져 내렸다.

"크아아아아아아!"

하늘을 향해 거대한 포효를 터트리는 유건의 어깨 위로 자세히 살펴보지 않으면 알아보기 힘들만큼 자그마한 불티 하나가 날아들었다.

툭.

하늘거리며 날아든 불티가 포효하는 유건의 어깨위로 살포시 내려앉자마자 그의 어깨위에서 거대한 화염이 솟구쳐 올랐다.

"!"

조금 전 철환의 청염(靑炎)에 저항하기 위해 변화되었던 그의 피부가 순식간에 녹아내릴 만큼 엄청난 열기였다.

갑작스러운 공격에 당황한 유건이 주변을 두리번거리고 있는 사이 어느새 그의 주변에는 조금 전과 같은 불티들이 엄청난 숫자를 자랑하며 바람을 타고 유유히 공중을 떠다니고 있었다.

"여~ 애송이. 어딜 보고 있나?"

"크르……."

그의 전면에서 권태로움이 물씬 풍겨나는 표정을 한 제임스가 천천히 모습을 드러냈다.

이곳으로 오는 중에 갑자기 등장한 이레귤러를 해결하느라 시간을 지체했던 그가 뒤늦게 현장에 도착한 것이었다.

"어때? 제법 화끈하지? 그건 그렇고 저기 처박혀 있는 게 설마 철환이 녀석은 아니겠지?"

"그 설마가 사실이다."

아무 일 없었다는 듯이 건물 잔해를 헤치며 천천히 걸어 나오던 철환이 제임스를 향해 말했다.

"왜 이렇게 늦었냐?"

그의 물음에 어깨를 과장되게 으쓱거린 제임스가 억울하다는 듯이 말했다.

"뭐~ 가드의 요원으로서 세계 평화와 인류 수호의 의무를 다하다보니……."

그의 말을 무시한 채 전면에 자리한 유건을 향해 시선을 돌린 철환이 말했다.

"저 녀석, 청염(靑炎)을 순식간에 극복해냈다."

그의 말에 담긴 뜻을 단숨에 알아차린 제임스의 얼굴에서 표정이 사라졌다.

"그게 가능한 일인가?"

차갑게 내려앉은 그의 목소리에서 한기가 풀풀 풍겼다.

"시간을 끌면 끌수록……."

"위험하겠군."

제임스가 철환의 말을 받아넘기며 유건의 정면을 향해 한발자국 앞으로 나섰다.

"사람들은 모두 대피했나?"

"그 보다 지금 이곳에서 녀석을 제압하는 게 우선이다. 이 속도로 나가다가는 지난번처럼 돌이킬 수 없는 재앙을 만나게 될 테니."

"뭐~ 그런 골치 아픈 일은 위에서 알아서 잘 처리하겠지."

가볍게 고개를 꺾으며 전의를 가다듬은 제임스가 유건의 주변을 날아다니던 불티들을 한꺼번에 그를 향해 날려보냈다.

"처음부터 전력으로 간닷!"

불기둥이 하늘 높이 솟구쳐 오르자 이내 중앙에서 뿜어져 나온 엄청난 열풍이 훅 하고 사방으로 밀어닥쳤다.

그리고 불기둥 중앙에서 포효하고 있는 유건을 향해 철환이 거침없이 달려들었다.

꿈틀.

한참동안 거칠게 요동치던 검은 기운이 한차례 강하게 반발한 뒤 이내 차분하게 가라앉기 시작했다.

동시에 깊은 상념에 빠져있던 철환이 눈을 뜨고 일어나 봉인의식을 돕기 위해 활성화 되고 있었던 마법진의 중앙을 향해 다가갔다.

공중에 떠올라 밝은 빛을 내뿜고 있던 거대한 수정이 어느새 거무튀튀하게 변해있었다.

'이젠 이것도 수명이 다됐구나.'

씁쓸한 얼굴로 수정의 표면을 매만지던 그가 밖으로 나서자 기다리고 있던 박태민이 말을 건넸다.

"한번만 더 폭주하면 그때는 정말 위험할지도 모르겠는걸?"

그의 말에 쓰게 웃은 철환이 대답했다.

"그런 일이 없도록 해야겠지. 그건 그렇고 애송이는 아직도 그대로인가?"

"대건 박사님은 그의 자의식이 깨어나는 걸 거부하고 있는 것 같다고 하시더군."

"현실에서 도망치고 싶다 이건가?"

"폭주했다곤 해도 자의식은 그대로 유지되고 있었을 테니까."

"누구 지시였냐?"

"응?"

"애송이가 폭주하도록 교묘하게 상황을 유도한 거 내가 모를 줄 알았냐?"

"아하하하, 그 질문에는 노코멘트 해야겠어."

"네가 그럴 수밖에 없을 만큼 윗선의 입김이 닿아 있다는 말이로군."

그의 말에 박태민이 어깨를 으쓱거리며 능청스럽게 답했다.

"나는 분명 노코멘트 한다고 했다. 뭐~ 상상은 자유다만서도……."

앞서 걸어가는 그의 뒷모습을 바라보며 철환이 고개를 주억거렸다.

"윗선이라……."

분노에 사로잡혀 조직폭력배들을 박살낼 때까지만 해도 유건의 의식은 분명 또렷했다. 무언가 알 수 없는 기운이 온 몸에 힘을 더하고 있다는 것은 알고 있었지만 거기에 신경을 쓸 만큼 여유로운 상황이 아니었기에 별로 중요하게 생각하지 않고 있었다.

머리 쪽에서 느껴지는 둔탁한 충격과 함께 그의 의식 세계는 온통 암흑으로 물들어버렸다.

잠시 후 어둠이 물러나고 시야가 회복되는가 싶었지만 무언가 이상하다는 것을 느끼는 데에는 그리 오랜 시간이 필요하지 않았다.

'응? 이게 무슨?'

마치 화려한 익스트림 영화를 4D로 즐기는 것 같은 기분이 들었다. 엄청난 빠르기로 이동하는 무언가 위에 얹혀 있는 것만 같았다. 잠시 후 공포에 질린 상대방의 눈동자에 비친 모습을 보고난 후 이내 그게 자신의 몸이라는 것을 깨달을 수 있었다.

무척이나 이질적인 모습으로 변해있긴 했지만 그게 자신의 모습이라는 것을 받아들이는 데에는 별다른 어려움이 없었다. 이상하게도 마음은 차분했고 묘한 기대감마저 느껴질 정도였다.

무의식 가운데 자제했던 살인에 대한 거부감이 자신의 의사와 상관없이 단숨에 해제된 가운데 그는 극도의 카타르시스를 맛보고 있었다.

　어쩌면 제 삼자의 입장에서 바라보는 것 같은 작금의 현실이 그런 감정을 느낄 수 있도록 해주는 것인지도 몰랐다.

　본래 사람이란 곁에 있는 지인의 죽음이 먼 나라에서 수만 명이 학살당한다는 소식을 들었을 때 보다 더 처절하게 다가오는 법이었다.

　어딘지 모르게 논리적으로 들어맞지 않는 모순된 감정이었지만 지금의 유건은 그런 걸 일일이 따질 만큼 온전한 상태가 아니었다.

　"크아아악!"

　흘러나오는 내장을 부여잡고 고통에 찬 비명을 지르고 있는 상대를 비추던 시야가 이내 저 위에서 비상출구를 향해 도망치고 있는 사람에게로 향했다.

　텅!

　주변의 풍경이 재대로 보이지 않을 만큼 엄청난 속도로 지나가고 이내 그의 눈앞에 벌레처럼 버둥거리고 있는 박 회장의 모습이 비춰졌다.

　'이놈이 그 모든 일의 원흉?'

　분명 조금 전까지만 해도 불붙는 것 같은 분노가 치밀어 올랐지만 지금은 그저 하찮은 벌레정도로 밖에 느껴지지 않았다.

그가 잠시 생각에 잠긴 동안 바닥에 주저앉은 벌레가 꼼지락 거리는 것이 느껴졌다. 신경을 거슬리게 만드는 벌레를 밟아 죽이기 위해 발을 들어올렸다. 그의 눈에 당황한 벌레의 얼굴이 비춰졌다.

퍼억!

발밑에서 느껴지는 감촉이 무척이나 만족스러웠다.

저만치서 들려오는 또 다른 벌레의 신음소리가 신경을 거슬렸다. 단숨에 베어버리고 나자 조금 전에 느꼈던 만족스러운 기분이 다시금 찾아왔다.

부족하다! 더 죽이고 싶다!

내부에서 치밀어 오르는 욕구를 충족시키기 위해 조금 전 벌레가 빠져나가려고 발버둥 치던 출구를 향해 몸을 날렸다.

건물의 옥상 난간을 박차며 날아오른 그의 입가에 만족스러운 미소가 서렸다. 비춰지는 시야에 수많은 벌레들이 우글거리고 있는 모습이 들어왔다.

'벌레? 저 사람들이? 아니야, 저 사람들은 이번 일과 아무런 상관이 없어! 지금 내가 뭐하고 있는 거지?! 멈춰! 멈추라고!'

무의식중에 그의 몸을 장악하고 있던 괴물의 욕망에 동화되어 있던 유건이 녀석과 함께 미소짓고 있던 자신의 모습에 화들짝 놀랐다. 그제야 지금의 상황이 얼마나 위험천

만한 상황인지 인지할 수 있었다.

그러나 그런 그의 마음과 상관없이 그의 시야는 건물 옥상에서 바닥을 향해 빠른 속도로 이동하고 있었다.

쿠웅!

수많은 사람들이 오고가는 사거리 한복판에 모습을 드러낸 유건을 바라보며 술 취한 중년 남자가 소리를 질러댔다.

"웅? 넌 뭐야 이 새끼야? 뭔데 내가 가는 길을 막아? 앙? 히끅!"

'안 돼! 피해요! 아저씨! 피하라고! 젠장!'

그런 그의 외침은 의식의 세계 속을 공허하게 메아리치며 사라져갔다.

"크르르르⋯⋯."

"꼽냐? 새끼야? 앙? 컥! 커흑!"

단숨에 목이 부러져 나간 사내가 피거품을 내뿜으며 그대로 무너져 내렸다.

유건은 눈을 감았다. 아니 눈을 감기 위해 의식을 집중했지만 이조차 자신의 마음대로 되지 않았다. 그러고 보니 눈을 깜빡일 수조차 없었다. 그저 참을 수 없는 고통 속에 비명을 질러가며 자신의 손으로 저지르는 이 처참한 참극을 처음부터 끝까지 빠짐없이 지켜봐야만 했다.

얼마나 죽였을까? 그 와중에도 코끝을 간질이는 피비린내가 달콤하게 느껴지는 자신이 혐오스러웠다.

저만치서 달아나는 한 무리의 사람들이 시야에 가득 들어왔다.

'아…… 안 돼! 도망쳐요! 어서! 제…… 제발 누가 나 좀 말려줘요!'

그 순간 주변 풍경이 급격히 멀어져 갔다. 그리고 그 가운데 숨을 헐떡이고 있는 철환의 모습이 보였다.

'제발!'

그의 간절한 외침을 듣기라도 한 것처럼 홀연히 나타난 철환을 향해 유건이 목이 터져라 외쳤다. 자신을 말려주기를…… 이 무의미한 살육을 멈춰주기를!

비록 그의 목소리가 들리지는 않았겠지만 그는 믿었다. 마치 어린 아이가 자신의 부모를 의지하듯 그렇게 맹목적인 믿음을 가지고 철환을 응원했다.

그 이후 한 치의 양보 없는 치열한 공방이 이어졌다. 온몸이 은빛을 내는 금속으로 뒤덮인 철환과 눈으로 보고도 믿을 수 없는 공격을 주고받았다. 그리고 그 격렬한 전투의 현장에 제임스가 등장했다.

그가 날려 보낸 불꽃은 의식 세계 속에서 자신의 몸을 장악한 녀석과 시야만을 공유하고 있던 유건에게도 그 고통이 느껴질 만큼 강렬하게 타올랐다.

마지막 발악을 하듯이 불꽃 속에서 몸을 날린 녀석의 공격에 철환의 한쪽 팔이 뒤틀린 채 부러져 버리고 말았지만 결국 유건의 몸을 장악한 녀석이 쓰러졌다. 그의 눈에 바닥이 솟아오르는 게 보였다. 그 장면을 마지막으로 그는 다시금 어둠에 휩싸였다.

· ♣ ·

의식의 가장 밑바닥에 침잠해 한쪽 구석에 주저앉아 있던 유건은 마치 손에 잡힐 듯이 생생하게 느껴지는 살육의 현장을 되새기고 있었다.

그 감촉, 달콤하게 느껴지던 진한 피비린내, 사람의 몸을 찢어버릴 때 느껴지던 쾌감. 이 모든 것이 뇌리에 박혀버리기라도 한 듯 지워지지 않았다.

'전부 내가 죽였어. 내가…… 크흑!'

다리 사이에 얼굴을 파묻고 오열하고 있는 그를 향해 그와 똑같은 형상을 한 녀석이 천천히 다가왔다.

– 왜 울고 있나? 멍청이 같이 한심하게.

'응? 너는 누구지? 어떻게 이곳에?'

– 쳇! 정말이지 한심하기 그지없군. 그래. 딱 보면 모르겠나? 나는 너다. 아니지…… 애초에 이런 말 자체가 웃기는 군.

'네가 나라고?'

그리고 보니 상대의 모습이 묘하게 낯익었다. 얼굴이 조금 그늘져 보이긴 했지만 분명 거울을 통해 매일같이 보던 자신의 얼굴이었다.

– 언제까지 그러고 주저앉아서 울고 있을 건가? 그러면 죽은 자들이 살아 돌아오기라도 하나? 크크큭, 웃기는 일이지. 마음 속 깊은 곳에서는 모조리 죽여 버리고 싶다고 생각하고 있으면서도 애써 그렇지 않은 척하지를 않나. 뒤늦은 죄책감에 얼굴을 파묻고 앉아서 질질 짜고 있지를 않나.

'그…… 그건!'

뭐라 반박하고 싶은 마음에 자리를 박차고 일어선 유건이 이내 고개를 떨어뜨리며 다시금 바닥에 주저앉았다.

– 왜? 다시 생각해 보니 내 말이 맞는 것 같나? 아니 애초에 틀릴 수가 없지. 나는 너니까. 정확히 말하자면 너의 가둬두었던 무의식이라고 해야 하나? 어찌됐든…… 너는 살육을 원했다. 그리고 비록 머리가 날아가는 중상을 입었다고는 하지만 아무런 저항 없이 녀석에게 몸까지 내줬지. 마치 내 뜻과는 상관없는 일이었다고 변명할 여지를 남겨두기라도 할 것처럼. 내 말이 틀렸나?

'크…… 큭. 나…… 나는!'

– 왜 여기서까지 가식적으로 살고 싶은 건가? 아니면 저 구석에서 호시탐탐 네놈을 삼킬 기회만 노리는 녀석에게 친히 먹잇감이 되어주실 텐가?

그의 손길을 따라 고개를 돌리자 뭉클거리는 어둠이 마

치 으르렁 거리기라도 하듯이 시시각각 그 크기를 바꿔가
며 그의 주변을 맴돌고 있었다.

'저…… 저건?'

– 네놈, 아니 우리 안에 자리 잡고 있는 괴물의 정체지.
혼돈 속에서 태어난 마물. 끝없이 타인의 피를 갈구하는
탐욕의 화신. 죽을 때까지 투쟁을 멈추지 않는 무저갱의
사자. 그게 바로 놈의 정체다.

'네가 나를 지켜주고 있었던 건가?'

침착하게 숨을 가다듬고 주변을 둘러본 유건이 조금 전
과 달리 여유를 되찾은 듯 또 다른 자신을 향해 물었다.

– 뭐…… 보다시피. 저런 머저리한테 그대로 먹혀버리
기엔 조금 아깝잖아. 솔직히 짜증나기도 하고 말이지. 그
러려고 지금까지 악착같이 버티며 살아왔던 건 아니었잖
아. 안 그래?

그의 말처럼 호시탐탐 기회를 노리며 그의 주변을 맴돌
고 있던 어둠이 일정 경계를 기준으로 무엇에 가로막히기
라도 하듯이 더 이상 전진을 못하고 있었다. 그게 불만족
스럽기라도 했는지 연신 그 크기를 불려가며 으르렁대고
있었다.

'고…… 고맙다.'

어색한 얼굴로 감사를 표하는 유건을 향해 그의 또 다른
자아가 인상을 구기며 말했다.

- 누가 그런 얼빠진 사과 같은 거 받고 싶다고 했나? 도대체 언제까지 그렇게 자신을 속여 가며 착한 척, 괜찮은 척, 하고 살 건가? 응?

그의 말에 유건이 참았던 울분을 토해내며 소리를 질러 댔다.

'이런 젠장! 누군들! 그러고 살고 싶었는지 알아? 얼굴도 본적 없는 어머니! 그리고 어느 날 갑자기 아무런 소식도 없이 사라져버린 아버지! 아무도 챙겨주는 이 없는 험한 세상에서 홀로 남겨진 어린 아이가 살아남는다는 게 얼마나 힘든 일인지 네가 알기나 해?! 헉헉!'

단숨에 울분을 토해낸 유건이 어깨를 들썩 거리며 가쁜 숨을 내뱉었다.

유건을 향해 다가간 그가 한층 부드러워진 얼굴로 들썩이는 어깨를 쓸어내렸다.

- 안다. 세상에 나보다 그 마음을 더 잘 아는 이가 있을까? 내가 바로 넌데.

'흐끅! 크흐흑! 으아아악!'

유건은 자신의 어깨를 쓰다듬고 있는 그의 품에 안긴 채로 한참을 서럽게 울어댔다. 그는 그런 유건의 등을 토닥이며 흐느낌이 잦아질 때까지 말없이 기다렸다.

- 이제 울분이 좀 풀리나? 미안하지만 이젠 정말 시간이 없다. 좀더 대화를 나누고 싶지만 내게 주어진 시간이

얼마 남지 않았구나. 나는 분명 너의 무의식이기도 하지만 위기의 순간에 너를 돕기 위해 만들어진 마법의 잔재이기도 하다. 잘 들어라! 너의 아버지. 아니 우리의 아버지가 전하는 전언이다. '아들아! 어떠한 고통이든 디디고 일어서서 나를 찾아 오거라!' 잘 기억해라. 이제 곧 결계를 유지하고 있던 힘이 풀린다. 그리고 밖에서 기회를 엿보고 있는 녀석이 그 사실을 알아차릴 때까지 우리에겐 찰나의 시간밖에 주어지지 않을 거다. 그 틈을 타고 이곳에서 빠져나가야 한다.

'뭐…… 뭐라고?! 그게 대체 무슨? 마법? 아버지의 전언? 그게 무슨 소리야 대체! 알아들을 수 있게 설명을 해보란 말이다!'

자신의 멱살을 잡고 흔드는 유건을 향해 그가 처연하게 웃으며 말했다.

– 부디 이곳에서 나가면 스스로에게 솔직하게…… 그렇게 살아다오. 짧은 시간이었지만 반가웠다.

'뭐…… 뭐?! 이봐! 야! 이 새끼야~아!'

한차례 유건을 꼭 안아준 그가 유건의 몸을 저 높은 곳을 향해 단숨에 밀어 올렸다. 뒤늦게 소리를 지르는 유건의 뒤를 따라 주변을 둘러싸고 있던 어둠이 솟구쳐 올랐다.

엄청난 속도로 날아오르는 유건이었지만 그를 뒤쫓는 어둠 또한 만만치 않았다. 저만치 보이는 환한 빛이 바로 그가 가야할 곳임을 누가 알려주지 않았음에도 알 수 있었다.

'큭! 이…… 이러다가 잡히겠어.'

길게 뻗은 어둠이 갈퀴 모양을 갖추고는 유건의 발목을 잡아채기 위해 수없이 공중을 휘젓고 있었다. 이대로 가다가는 그대로 붙잡힐 것만 같았다.

절체절명의 순간.

그의 귓가에 환한 빛 무리를 타고 부드러운 음성이 들려왔다.

'어서 일어나요. 나를 두고 이대로 떠나버리면 안돼요. 제발 돌아와요. 유건 오빠…….'

음성을 따라 내려온 빛 무리가 유건의 몸을 감싸 안는가 싶더니 이내 투명한 막이 되어 바짝 뒤쫓고 있던 어둠으로부터 그를 보호했다.

끼이이익!

어둠에서 뻗어 나온 갈퀴가 유건의 발목 부위를 잡아채자 칠판을 긁는 것 같은 소음이 들려왔다. 그러나 그를 둘러싼 투명한 막 덕분에 위기에서 무사히 빠져나올 수 있었다.

환한 빛 사이로 유건이 무사히 빠져나오자 언제 열려 있었냐는 듯 구멍이 단숨에 막혀버렸다.

닫혀버린 의식의 틈 사이로 몸부림치는 어둠이 내지르는 괴성이 길게 울려 퍼졌다.

눈을 뜨자 사방이 뿌옇게 보였다. 몇 번 눈을 깜빡거리고 나서야 제대로 사물을 인지할 수 있었다.

그런 그의 눈에 눈물이 가득한 눈으로 자신을 바라보고 있는 성희의 얼굴이 들어왔다.

"오…… 오빠?"

"고맙다. 성희야."

"네? 그게 무슨?"

"자세한 건 나중에 설명할게. 그보다 지부장을 만나러 가야할 것 같은데 나 좀 도와줄래?"

오랫동안 의식 불명 상태에 빠져있었던 사람치고는 지나치게 맑고 깊은 눈동자를 한참동안 바라보고 있던 성희가 뒤늦게 그 사실을 깨닫고 얼굴을 붉히며 말했다.

"네? 아…… 네."

오랫동안 침상에 누워있었던 관계로 온 몸의 관절이 굳어 있었던 유건이 성희의 도움을 받아 비틀거리며 일어섰다.

"고마워. 미안하지만 좀 더 도와줘야 할 것 같네."

"네."

성희의 부축을 받아 천천히 병실을 나서는 유건의 눈빛 속에 이전에는 찾아 볼 수 없었던 서늘한 기운이 감돌고 있었다.

만류하는 비서를 뿌리치고 지부장실 문을 박차고 들어
간 유건이 한손에 따뜻한 김이 모락모락 피어오르는 재스
민 차를 든 채 의아한 눈으로 자신을 바라보는 박태민을
향해 천천히 다가갔다.

　여전히 걸음걸이는 불편해 보였지만 그의 눈빛만은 흔
들림 없이 형형하게 빛나고 있었다.

　"어디서부터입니까?"

　그의 물음에 박태민이 들고 있던 차를 내려놓은 뒤 천천
히 대답했다.

　"깨어났다는 소식을 못 들었는데 일어나자마자 이곳으
로 온 겁니까? 유건 군?"

　"어디서부터냐고 물었습니다."

　냉기가 풀풀 풍기는 유건의 차가운 물음에 박태민이 가
볍게 한숨을 내쉰 뒤 자리에서 일어나 책상 앞에 놓여있는
소파를 가리켰다.

　"일단 자리에 앉아서 얘기하도록 하죠. 아직 몸도 성치
않은 것 같은데."

　그를 따라 맞은편에 앉은 유건이 박태민을 쳐다보며 무
언으로 대답을 요구했다.

　"일단 유건군은 자신이 처한 상황에 대해서 알 필요가 있

는 것 같습니다. 그래야 어느 정도 대화가 통할 테니까요."

잠시 말을 멈춘 뒤 유건을 쳐다본 박태민이 흔들림 없이 곧은 눈으로 자신을 쳐다보는 그의 모습에 쓰게 웃으며 말을 이었다.

"지금 현재 전 세계적으로 몬스터의 숫자가 급증하고 있는 상태입니다. 게다가 새롭게 나타난 변종 몬스터들로 인해 기존 가드 요원들의 사망률이 급증하고 있지요. 새롭게 각성하는 능력자들의 숫자는 갈수록 줄어드는 데에 반해 인류의 생존을 위협하는 몬스터들의 숫자가 늘어난다는 사실로 인해 전 세계 정부는 커다란 위기감을 느껴왔습니다."

목이 마른지 비서가 조용히 들어와 새롭게 놓고 간 차를 들어 입을 축인 그가 계속해서 말을 이어나갔다.

"최초로 등장한 적응자의 존재에 그들이 두 손 들고 열광했던 건 어쩌면 당연한 일이었을지도 모릅니다. 그동안 이어진 실험의 실패로 인해 거의 포기 상태에 있었던 키메라의 존재가 가능하다는 확실한 증명이 된 셈이었으니까요. 몬스터의 특질을 인간에게 주입해 이전에 없었던 강력한 군대를 만들어 그들과 싸운다. 이것이 그들이 이루고 싶어 했던 목표였습니다. 그러나 그들의 기쁨이 채 사라지기도 전에 그는 폭주하고 말았습니다. 엄청난 인명 손실과 재산 피해를 남기고 말이죠……."

"그게 대체 제가 한 질문과 무슨 상관이 있습니까?"

조금 전과 달리 언성이 높아진 유건의 눈빛이 사납게 빛났다. 언뜻 붉은 빛이 스치고 지나간 것 같기도 했다.

고개를 흔들어 상념을 털어낸 박태민이 시종일관 여유로운 모습으로 말을 이어나갔다.

"물론 상관이 있습니다. 그 이후로 자주는 아니었지만 세계 곳곳에서 적응자의 존재가 보고되었습니다. 최초의 적응자를 허무하게 잃은 그들로서는 새롭게 등장한 적응자에 관한 모든 것을 발 빠르게 확보할 필요성을 느끼고 있었죠. 그리고 어느 정도 소기의 성과를 이뤘습니다. 그리고 그들의 대다수가 처음 등장했던 그와 같이 폭주하고 말았죠."

대부분의 적응자들이 폭주했다는 대목에서 유건의 눈이 이채를 띠자 박태민이 고개를 끄덕이며 말을 이었다.

"그래요. 이번에 유건씨가 벌인 사건들처럼 말입니다. 그 결과는 비교조차 할 수 없을 만큼 처참하긴 했지만 말이죠. 어쨌든. 그 이후 각국에서는 적응자의 존재를 보고하지 않고 따로 격리시켜 연구하거나 발견 즉시 제거해버렸죠. 제대로 각성하지 못한 적응자는 그저 조금 특이한 능력자에 불과했으니까요."

"그렇다면 내 경우는?"

"유건씨는 공.식.적 으로는 20년 만에 등장한 적응자

78

가 맞습니다. 다만 그 시기가 무척이나 공교로웠습니다. 우연이라기엔 너무 절묘한 순간에 등장했거든요. 저희 대한민국 지부에서는 나름대로 적응자를 제대로 활용하기 위한 연구들을 진행해왔습니다. 그리고 최근에 와서 나름 만족할 만한 결과를 얻었죠. 결국 적절한 순간에 나타난 유건씨의 몸에 그 연구 결과가 적용됐고 위에서는 그 연구 결과가 효과적으로 작용하는지 알기 원했습니다."

"그래서 인위적으로 폭주할만한 환경을 조성했다?"

"일부러 그랬다고 하기보다는 자연스럽게 그런 상황으로 유도할만한 좋은 기회를 잡았다고 해야겠죠."

콰아앙!

"그걸! 지금 말이라고 합니까?!"

유건이 탁자를 내리치자 두터운 탁자가 단번에 두 쪽이 나버렸다. 삼 개월 만에 의식 불명 상태에서 깨어난 사람이라고는 믿어지지 않을 만큼 엄청난 기세가 그에게서 풍겨져 나왔다.

저릿저릿.

박태민은 온 몸을 바늘로 찔러대는 것 같은 사나운 기세를 느끼며 태연스럽게 담배를 꺼내 입에 물었다. 불을 붙이고 한모금 길게 빨아들인 그가 분노로 붉게 달아오른 유건의 얼굴을 향해 담배 연기를 뿜어내며 말했다.

"닥쳐라 애송이! 좋게 좋게 대해주니까 눈에 뵈는 게 없나보구나? 만약 그 연구 결과가 나오기 전이었다면 넌 이미 죽은 목숨이었어. 그게 아니라면 평생 지하에 갇혀 하늘 한번 쳐다보지 못한 채로 늙어 죽었던지. 내 말 이해되나?"

"크윽!"

코드명 Force of Gravity

중력을 마음대로 가지고 노는 그의 능력이 발현되자 엄청난 무게가 유건의 온 몸을 짓누르기 시작했다.

이를 악다문 채 온 힘을 다해 버티는 유건의 몸이 부들부들 떨리기 시작했다. 실핏줄이 터져 충혈 된 눈으로 버티고 앉아있는 유건의 모습을 바라보는 박태민이 놀랍다는 듯이 말했다.

"호오~ 아무리 일단계라지만 오로지 육체적인 능력만으로 이걸 버텨내는 녀석은 네놈이 두 번째다."

박태민이 가볍게 손짓하며 능력을 거두자 그의 몸을 내리 누르고 있던 압박감이 순식간에 사라졌다.

"허억 허억……"

가쁜 숨을 내쉬고 있는 유건을 향해 처음의 모습으로 돌아간 박태민이 말했다.

"잘 들으세요, 유건씨. 만약 유건씨가 제어되지 못한 채 계속해서 폭주했다면 그 자리에서 제거했을 겁니다. 아직 그 정도 수준으로 가드의 정예 요원들을 넘어설 수는 없어요. 다행히 이번에 유건씨가 보여준 능력과 결과에 많은 분들이 깊은 관심을 표하고 계십니다. 부디 지금처럼 잘 성장해서 투자한 만큼 좋은 결과를 보여주길 바라요."

부들부들.

잇몸에서 피가 새어 나올 만큼 강하게 이를 악다문 유건의 몸이 분노로 인해 잘게 떨리고 있었다.

그런 그의 모습에 가볍게 한숨을 내쉰 박태민이 한결 누그러든 목소리로 말을 이었다.

"지금 최전선에서는 몬스터들과 연일 벌어지는 사투로 인해 수많은 생명들이 사라지고 있습니다. 당신이라는 존재가 제 몫을 해낸다면 그들 중 많은 이들의 목숨을 구해낼 수 있게 됩니다. 부디 자신이 어떤 위치에 있는지를 잘 생각하시고 처신해주세요."

눈을 감은 채 한참동안 말이 없던 유건이 입을 열었다.

"처음 계약할 때 몇몇 적응자들이 이곳 지하에서 생활하고 있다고 들었습니다."

유건의 입이 열리고 전혀 생각지 못했던 의외의 말이 튀어나오자 이를 들은 박태민의 눈썹이 꿈틀거렸다.

"분명 지나가는 말로 얘기했던 적이 있었죠. 그래서요?"

"그곳으로 보내 주십시오."

・　▾　・

유건의 깊은 눈동자를 한참동안 말없이 바라보던 박태민이 가볍게 웃으며 대답했다.

"그곳은 일단 들어가면 나올 수가 없는 곳입니다만?"

"지금까지는 그랬겠죠. 하지만……."

"하지만?"

"지부장님께서 말씀하셨던 것처럼 저는 지금까지 실패했던 다른 적응자들과 달리 투자 가치가 있는 존재가 아닙니까?"

"흐음……."

유건의 정곡을 찌르는 말에 일순 말문이 막힌 박태민이 가볍게 한숨을 내쉬며 자세를 바로 했다.

"지금의 저는 여전히 불안전합니다. 또 언제 폭주할지 모르는 폭탄과 같은 존재죠. 저는 그렇게 불안함 속에서 살다가 실험용 쥐새끼처럼 죽고 싶진 않습니다."

그의 말을 듣고 있던 박태민이 미간을 찌푸린 채 한참동안 고심했다. 그러나 그런 그의 내심은 겉모습과 달랐다. 그렇지 않아도 지금 그가 거하는 저택이 아닌 다른 곳으로 그의 거처를 옮기기 위해 마땅한 핑계거리를 생각하고 있던 차였다.

그 주된 이유는 그에게 많은 관심을 보이고 있는 외부 세력과의 단절에 있었다. 각국에 속한 위성을 통해 그날 벌어진 일들을 빠짐없이 관찰한 여러 국가의 기관에서 다양한 방법을 통해 대한민국 가드 지부에 압박을 가해오고 있었다. 정부 측과는 이번 일에 대해 이미 협상을 끝냈지만 그렇다고 해서 안심할 수 있는 상황은 아니었다.

게다가 이번일은 가드 본부에서도 소수의 고위급 관계자들만 관여한 일이었다. 행여나 더 블랙과의 전투에 전력을 기울이고 있는 마스터가 이번 일에 관심을 가지기라도 하는 날에는 지금껏 해왔던 모든 일들이 자칫 물거품이 될 수 있었다.

그날의 사건 이후 비밀스럽게 입국한 각국의 정보요원들의 숫자는 실로 엄청날 정도였다. 아무리 가드의 권력이 막강하다 할지라도 한손으로 여러 손을 막을 수는 없는 법. 가장 효과적인 방법은 그와 외부와의 접점 자체를 차단하는 것이었다. 어느 정도 소기의 성과를 올렸으니 지금은 이번 일에 대한 관심이 점차 사그라지기를 기다릴 때였다.

백유건의 제안을 통해 전혀 생각지도 못한 장소를 떠올리게 된 박태민이 여러 가지 조건들을 따져가며 그 효용성을 가늠하고 있었다.

그런 박태민의 모습을 바라보며 대답을 기다리는 유건의 손바닥이 땀으로 흥건하게 젖어가고 있었다.

자신에게 전후과정을 설명하는 박태민의 말을 들으면서 유건은 자신이 지금의 능력으로는 도저히 벗어날 수 없는 덫에 걸려들었다는 것을 깨달을 수 있었다.

어디까지 연류 되어 있는 걸까? 철환? 하루나? 아니면 단지 지부장인 박태민이 주도적으로 벌인 일일까?

지금 상태에서는 그 어느 것도 확신할 수 없었다. 그가 말한 윗선이라는 것이 어디에 까지 맞닿아 있는지도 불분명했다. 이빨이 깨져나갈 정도로 악다문 채 치밀어 오르는 분노를 억누르며 유건은 생각했다.

지금의 상황에서 그가 할 수 있는 최선의 길을 찾기 위해 미친 듯이 생각했다. 그때 그의 머릿속에서 순간 빛이 번뜩였다.

'이거다!'

마치 누군가 알려주기라도 한 것처럼 지하에 있다는 적응자들의 존재가 떠올랐다. 지나가는 말이었을 뿐 귀담아 듣지 않았던 내용이었는데 한번 생각의 물꼬가 트이자 거침없이 그 흐름이 이어져 갔다.

시간. 시간을 벌어야 했다. 지금 유건에게 있어서는 이번 일을 겪으면서 경험했던 많은 일들과 그 가운데 변해버린 자신의 상태에 적응할 시간이 필요했다. 이렇게 실험실에 갇힌 쥐새끼처럼 바동거리다가 원치 않는 상황에서 폭주해 버린 뒤 제거되는 결말을 맞이하고 싶지는 않았다.

적어도 자신의 처리 여부를 눈앞에 앉아있는 박태민 저자 혼자서 결정할 수 있는 상황이 아니라는 것 정도는 그로서도 충분히 눈치 챌 수 있었다.

다만 자신의 의견을 묵살한 채 일방적인 길을 제시하지는 않을 까 하는 두려움이 있을 뿐이었다.

"흐음…… 뭐~ 좋습니다. 유건씨 같은 경우 폭주 이후 경과를 지켜볼 시간적인 여유가 필요하기도 하니까요. 게다가 저희로서도 폭주의 후유증으로 인해 어딘가 망가진 적응자는 원치 않습니다. 그렇지 않아도 김대건 박사님께서 유건씨의 정신적인 충격을 해소할 시간적 여유가 필요하다는 의견을 제시해 주셨으니 딱히 반대할 이유는 없네요."

"감사합니다."

박태민의 허락이 떨어지자 유건은 속내를 감추기 위해 애써 담담한 척 하며 고개를 숙였다.

"아닙니다. 사실 따지고 보면 그곳만큼 외부의 상황으로부터 안전한 곳도 드무니까요. 뭐~ 휴가라고 생각하시고 적당히 쉬다가 나온다고 생각하시면 되겠네요."

입가에 그려진 박태민의 미소가 좀 더 짙어졌다.

동상이몽(同床異夢).

서로 다른 생각을 하고 있는 두 사람의 눈빛이 동시에
번뜩였다.

　대화가 끝난 직후 밖으로 나선 유건은 걱정 가득한 얼굴
로 복도를 서성이고 있는 성희를 향해 웃으며 손짓했다.
　"방에 가서 기다려도 되는데…… 일부러 기다리고 있었
던 거야?"
　"왠지 모르게 걱정이 돼서요."
　"고맙네. 그럼 방까지 같이 좀 걸을까?"
　"네에……."
　쭈뼛거리는 성희의 모습에 무겁게 가라앉았던 마음이
조금은 풀리는 것 같았다.
　주로 신변잡기에 대한 내용으로 가볍게 대화를 주고받
던 두 사람이 어느덧 유건의 숙소 앞에 도착했다. 새롭게
거주하던 저택이 아닌 처음 이곳에 왔을 무렵 그가 사용하
던 그 방이었다.
　"여러 가지로 묻고 싶은 게 많을 텐데 참아줘서 고마
워."
　"아?"
　방문을 열고 안으로 들어간 유건이 밖에 서있는 성희를
향해 미소를 지었다. 성희는 그런 그의 미소가 어딘지 모
르게 슬퍼 보인다고 느꼈다.

"이번에 정식으로 휴가를 받게 됐어. 가서 생각도 정리하고 이것저것 복잡하게 얽힌 일들도 풀어내고 오려고 해. 자세한 얘기는 다녀와서 하자. 그때까지 몸조심하고."

어딘지 모르게 거리를 두는 것 같은 유건의 말에 성희의 맑은 눈에 눈물이 고였다. 할 말이 참 많았는데 왠지 지금의 그에게는 아무 말도 하지 않는 편이 나을 것 같다는 생각이 들었다.

"어…… 언제쯤 돌아오세요?"

나름 태연하게 말을 건넨다고 했건만 묻고 있는 그녀의 목소리가 떨리고 있었다.

"글쎄…… 언제가 될지는 나도 잘 모르겠는 걸? 하하하하, 이러고 보니 꼭 멀리 떠나는 사람 같네. 하하…… 하아~ 아마도 금방 올 거야. 그러니까 그렇게 연인을 멀리 떠나보내는 비련의 여주인공 코스프레는 벗어버리라고. 후훗."

성희는 눈은 슬픔에 가득 차있는데 입만 웃고 있는 사내의 얼굴을 바라보는 건 참 못할 짓이라고 생각했다. 그래서인지 몰라도 마지막에 그가 덧붙인 짓궂은 농담에도 그저 가볍게 웃고 넘어갔다.

"어머? 제 스타일은 아니신 것 같은데요? 대체 김치국은 언제 드셨나 몰라요?"

"아이고! 이거 완전 모양 빠지게 됐는 걸? 쇤네가 이 무례를 어떻게 사죄할깝쇼. 마님."

"뭐~ 올 때 선물 사오면 용서해주도록 할게요."

"비싼 걸로다가 대령하겠나이다."

"후훗, 그럼 다녀와서 봬요."

"그래, 고맙다."

"그럼, 먼저 갈게요."

삼 개월 만에 침상에서 깨어난 사람이 지부장을 만난 뒤 갑자기 휴가를 떠나게 됐다? 초등학생도 믿지 못할 만큼 어딘가 많이 부족해 보이는 레퍼토리였다. 그럼에도 불구하고 성희는 아무런 말도 없이 그가 원하는 대로 맞장구를 쳐주었다.

그 슬퍼 보이는 눈을 바라볼 때마다 마치 소리 없이 울고 있는 그를 보는 것 같았기 때문이었다.

무언가 자신이 모르는 일들이 유건을 둘러싼 채 벌어지고 있었다. 그게 어떤 일이든지 간에 지금의 자신의 능력으로서는 아무런 도움이 될 수 없다는 것만큼은 분명히 알 수 있었다.

'강해져야 해. 지금 보다 더.'

능력자의 각성은 당사자의 강한 의지와 깊은 연관을 맺고 있었다. 성희의 의지가 굳게 다져지자 그런 그녀의 몸 전체에서 자세히 보지 않고는 알 수 없을 만큼 은은한 빛이 뿜어져 나왔다.

　가볍게 손을 흔들고 멀어지는 성희의 뒷모습을 가만히 바라보던 유건의 눈빛이 차갑게 가라앉았다.

　일단 시간을 벌었다. 문제는 '과연 지금 상태로 그곳에 가서 무엇을 할 수 있는가?' 였다.

　그곳에는 자신 말고도 자기 발로 걸어 들어간 적응자들이 거주하고 있다고 했다. 두 번 다시 나올 수 없는 그곳으로 자진해서 들어간 그들은 과연 어떤 마음이었을까? 충분한 식량과 식수가 갖춰져 있기에 그동안 별다른 일이 없었다면 그들 모두 생존해 있었을 테지만 확실한 건 그곳에 들어가 봐야 알 수 있을 터였다.

　침상에 걸터앉아 생각을 정리하고 있던 그의 귓가에 규칙적으로 울리는 발자국 소리가 들려왔다.

　똑똑.

　문을 열자 자신을 안내할 요원이 문 밖에 서 있었다.

　"아? 당신은?"

　"오랜만이네요. 유건씨."

　흰 가운을 입은 그녀가 두터운 뿔테안경을 치켜 올리며 그를 향해 반갑게 웃었다. 여전히 눈을 어디다가 둬야할지 모를 정도로 아찔한 몸매를 자랑하고 있었다. 그녀의 가슴 끝에 매달린 스테파니라는 명찰이 애처롭게 흔들렸다.

"그곳으로 가길 원하신다는 말을 들었어요. 정말인가요?"

조금 앞서 걸어가던 그녀가 살짝 뒤를 돌아보며 물었다.

"네, 제가 자청했습니다."

"흐음…… 그래요? 저는 유건씨가 무슨 큰 잘못을 저지른 줄 알았어요. 그곳은 이곳에서 꺼내주지 않는 이상 한 번 들어가면 다시는 나올 수 없는 곳이거든요."

"큰 잘못을 저질렀죠……."

그녀가 듣지 못할 만큼 작은 목소리로 중얼거린 유건이 쓰게 웃었다. 자신의 손에 의해 죽어가던 그 수많은 사람들. 밑을 내려다본 유건의 눈에 그들이 흘린 피와 오물들로 얼룩져 있던 손과 지금의 손이 겹쳐보였다.

'언젠가는…….'

지금 당장은 할 수 없지만 자신이 이 모든 핏 값을 반드시 치러야 한다는 생각을 했다. 그게 어떤 방법이 될지 지금으로서는 그 어떤 것도 확신할 수는 없었지만 적어도 스스로 목숨을 끊는 그런 극단적인 방법만큼은 올바른 해결책이 아니라는 생각이 들었다.

내면의 세계 속에서 수없이 자책하며 생각했었다. 죽자. 죽어버리자. 그 무고한 생명들을 학살해 놓고 어찌 하늘을 보며 살아갈 수 있는가?

그러나 자신이 죽어버리면 그러면 정말 끝인가? 왠지 모르게 그건 아닌 것 같았다. 그렇다고 해서 딱히 좋은 해결방안을 찾아낸 것도 아니었다.

이유는 알 수 없지만 지금 향하는 그곳에서 무언가 자신이 원하는 것에 대한 해답을 찾을 수 있을 것 같다는 막연한 생각이 들었다.

상념에 잠겨있는 유건의 모습을 흘깃 쳐다본 스테파니가 두터운 뿔테 안경을 고쳐 쓰고는 다시금 앞서 걸어갔다.

"자, 이곳이에요. 마법진이 활성화되고 포탈이 형성되면 그곳으로 이동하실 수 있게 됩니다."

그녀의 뒤를 따라 여러 겹의 보안 장치를 거쳐 도달한 곳은 거대한 방이었다. 방 한 가운데 포탈을 생성하는 기계로 보이는 커다란 구조물만이 덩그러니 놓여있었다.

"아? 그 전에 가벼운 검사를 좀 했으면 하는데요?"

"검사요?"

"후훗, 별거 아니니까 너무 긴장하지 마세요. 금방 끝날 테니까요."

흰 가운의 속주머니에서 작은 앰플병들이 들어있는 은색 상자를 꺼내든 스테파니가 유건에게 가까이 다가와 그의 어깨를 천천히 쓸어내렸다.

"저…… 저기 지금 뭐하는?"

얼굴이 붉어진 채 주춤거리며 뒤로 물러서는 유건을 향해 그녀가 짓궂게 웃으며 말했다.

"어머? 지금 무슨 상상을 하시는 거예요?"

어깨를 쓸어내리던 손으로 그의 한쪽 팔을 잡은 그녀가 작은 주사바늘을 꽂은 뒤 그 뒤에 앰플병들을 솜씨 좋게 갈아 끼웠다.

순식간에 작은 앰플병 열 개를 다 채운 그녀가 피가 몽글몽글 배어나오는 부위를 알콜솜으로 닦아 낸 뒤 어린 아이들에게나 붙여줄 법한 귀여운 캐릭터가 그려져 있는 동그란 반창고를 붙여주며 유건을 향해 윙크를 날렸다.

"어때요? 금방 끝났죠?"

"아? 네…… 그러네요."

가까이 다가온 그녀에게서 성숙한 여인의 향기가 훅 하고 밀려들자 유건이 정신을 차리지 못하고 있는 사이 채혈을 끝낸 그녀가 콘솔을 조작해 마법진을 활성화 시켰다.

우웅~!

방 전체가 은은하게 떨리며 바닥에 그려져 있던 마법진이 밝은 빛을 뿜어냈다. 잠시 후 중앙에 있던 기계 사이로 푸르게 빛나는 포탈이 모습을 드러냈다.

"다됐습니다. 이거 받으세요."

"이건?"

"저희가 유건씨와 연락할 수 있는 유일한 수단이에요. 절대 잃어버리거나 망가뜨리면 안돼요. 그럼 이곳으로 돌아올 수 없게 되어 버릴 테니까요. 그런 일이 있어서는 안 되겠죠?"

"그렇군요. 잘 간직하겠습니다."

심각한 표정으로 손에 들린 작은 성냥갑 크기의 물건을 바라보고 있는 유건의 모습에 스테파니가 작게 웃음을 터트렸다.

"풋, 마법 처리가 되어있는 물건이라 어지간해서는 잘 망가지지 않을 테니 너무 걱정하지 않으셔도 되요."

"아? 그런가요?"

"네, 준비 되셨으면 포탈로 이동하세요. 아마 조금 어지러울 겁니다. 잘 다녀오세요. 유건씨."

한쪽 눈을 찡긋거리며 애교스럽게 인사를 건네는 그녀를 향해 유건이 어색하게 웃으며 답했다.

"감사합니다. 그럼 이만."

그녀를 향해 가볍게 고개를 숙인 유건이 거침없이 포탈 안으로 걸어 들어갔다.

그런 그의 모습이 포탈 안으로 사라지자 언제 웃고 있었냐는 듯 미소를 지운 스테파니가 품안에 넣어 놨던 상자를 꺼내 붉은 액체가 가득 담겨있는 앰플병들을 살펴보며 눈을 빛냈다.

마법진에서 빛이 사라지자 기능을 멈췄던 감시 카메라에 다시금 불이 들어왔다. 자동으로 동작을 감지해 촬영을 하는 카메라의 렌즈가 방을 빠져나가는 스테파니의 뒷모습을 비추고 있었다.

· ▼ ·

"차하압!"

터엉!

가죽 북 터지는 소리와 함께 거대한 녹색 체구를 자랑하는 몬스터가 한참을 뒤로 날아가 뒹굴었다.

"허억 허억……."

무신과의 대련을 통해 터득한 발경이 이제는 제법 완숙한 경지에 접어들어 있었다.

삼 개월 간 병상에 누워 있었던 사람이라고는 믿을 수 없을 만큼 쾌속한 움직임이었다.

반발력으로 인해 오른쪽 팔목 뼈가 골절될 정도로 강력한 일격을 날린 백유건이 가쁜 숨을 몰아쉬며 땀이 흘러들어가 따끔한 눈을 소매로 훔쳐냈다.

"크허허허헝!"

손끝에서 느껴지는 감각이 영 시원치 않다 싶었는데 아니나 다를까 별다른 타격을 받지 않은 듯 금세 몸을 일으

적응자 2

킨 몬스터가 하늘을 쳐다보며 포효하고 있었다.

생긴 건 일반적인 오크와 비슷한데 피부로 느껴지는 강함은 비교 자체를 불허했다.

조금 전 환한 빛 무리와 함께 포탈 밖으로 빠져나온 유건을 반긴 건 이를 드러낸 채 으르렁 거리는 오크 무리였다.

마침 그 근처를 지나고 있었던 다섯 마리의 오크 정찰조가 갑자기 모습을 드러낸 유건의 모습에 위협을 느꼈는지 다짜고짜 도끼를 휘둘러댔다.

전력을 다해 네 마리의 오크를 때려 눕혔지만 나머지 한 마리를 상대하는 일은 결코 쉽지 않았다. 놈들의 리더 격인 지금의 녀석은 그 나머지 모두를 합친 것만큼 강했다. 유건이 지닌 탁월한 회복력이 아니었다면 상대하기가 쉽지 않았을 터였다.

녀석이 지닌 두텁고 탄력 있는 가죽과 근육이 외부로부터의 충격을 대부분 해소해 버렸다. 게다가 오우거와 맞먹을 정도의 완력으로 휘둘러대는 도끼가 스쳐지나갈 때마다 온 몸에 소름이 돋을 지경이었다. 방금 날린 일격도 어지간한 몬스터라면 한방에 무력화 됐을 정도로 강력하기 그지없었지만 벌떡 일어선 녀석은 비교적 멀쩡해 보였다.

"대체 저 놈 정체는 뭐야?"

분명 위험한 적응자들을 세상과 분리하기 위해 만들어진 공간이라고 들었건만 지금 그가 오크 무리와 대적하고 있는 곳은 울창한 숲 한가운데였다. 하늘이 보이지 않을 만큼 곧게 뻗어 올라간 나무들이 커다란 이파리를 흔들어 대고 있었다. 간간히 비쳐 들어오는 햇살이 유난히도 따스하게 느껴졌다.

한 대 맞은 게 못내 억울했던 지 붉게 충혈 된 눈으로 좌우에 늘어선 나무들을 번갈아 오가며 몸을 날린 녀석이 유건의 머리위로 떨어져 내렸다. 현대를 살아가는 인간으로서 상상도 할 수 없을 만큼 빠르고 현란한 움직임이었다.

"큭!"

아무리 적응자가 되고 난 뒤 일반적이지 않은 전투를 거친 유건이었지만 궤를 달리하는 녀석의 공격에 반응이 반박자 정도 늦고 말았다.

머리위로 떨어져 내리는 두터운 도끼날을 양손을 교차해서 막았다.

'잘린다!?'

빠각!

양 팔이 잘려나갈 각오를 하고 취한 행동이었건만 팔에서 느껴지는 감각은 약간 둔중한 충격이었다.

'응?'

폭주했을 당시 변했던 외골격이 어느새 양 팔을 어깨 부위까지 에워싸고 있었다.

"크륵?"

한낱 인간에 불과한 주제에 자신의 부하 넷을 때려눕힌 것도 모자라 부족의 열 두 전사들 중 하나인 자신에게 비명이 절로 나올 만큼 강한 일격을 날린 놈이었다. 그런 놈의 몸을 두 동강 내버리기 위해 전력을 다한 일격이었다. 헌데 너무도 가볍게 가로막혀버렸다.

인간들 중에 간혹 번뜩이는 갑주를 온 몸에 두른 기사라는 족속들이 숲에 침입한 적이 있었다. 수많은 전사들이 죽었고 부족을 이끄는 대전사마저 한 팔이 잘린 채 도망치고야 말았다. 지금이야 그 대전사의 아들이 새롭게 족장의 자리에 올라 예전 보다 더 강한 부족을 이루긴 했지만 그 혼란기에 태어난 그가 어릴 때부터 귀에 못이 박히도록 들어왔던 이야기가 있었다.

대부분의 인간들은 고블린만도 못하지만 간혹 그렇지 않은 녀석들도 있다는 것을. 그럴 경우 뒤도 돌아보지 말고 도망가야 한다는 경고가 담긴 이야기였다.

숲의 남부를 장악한 거대한 오크 부족의 전사 카리취는 순간 갈등했다. 이 범상치 않아 보이는 인간을 피해 달아나야 하는가? 아니면 전력을 다해 놈의 목을 베어낸 뒤 이를 들고 부족으로 돌아가 자신의 용맹을 자랑해야 하는가?

그가 조금만 더 신중한 오크였다면 훗날을 기약하며 지체 없이 몸을 돌렸겠지만 애석하게도 그는 혈기가 끓어 넘치는 젊은 오크였다. 그것도 부족원들 중에 몇 안 되는 전사들 중 하나였다.

결정을 내린 그가 도끼를 들어 올린 채 어딘지 모르게 조금 전과 달라진 인간을 향해 미친 듯이 휘두르기 시작했다.

빠각! 뿌득!

사납게 휘둘러대는 오크의 도끼를 양팔로 침착하게 막아내는 유건의 눈빛이 당황했던 조금 전과 달리 차분하게 가라앉았다.

양팔이 변했다는 사실을 인지하자마자 이내 온 몸으로 짜릿한 감각이 퍼져나갔다. 그리고 곧이어 엄청난 힘이 전신에서 솟구쳐 올랐다.

콰직!

처음과 달리 좀 더 견고해진 유건의 오른손이 도끼날을 막아냈다. 연이어 그의 손가락이 도끼날을 움켜쥐자 날카로운 소성을 내며 도끼날이 그대로 부서져나갔다.

놀란 눈으로 자신의 도끼를 쳐다보던 카리취의 입에서 처음으로 고통에 찬 비명이 터져 나왔다.

"쿠웨에에엑!"

녀석의 눈길이 자신의 부러져나간 도끼날에 쏠린 사이

순식간에 몸을 낮춘 유건이 강하게 진각을 밟으며 솟구쳐 오르는 힘을 모아 주먹을 내질렀다.

비명을 지르며 한참을 날아간 오크 가리취는 태어나서 처음으로 느껴보는 극통에 그대로 정신을 잃고 말았다.

"후우~"

달아오른 몸을 식히기 위해 호흡을 가다듬던 유건이 고개를 들어 거대한 나무들로 가득한 숲을 돌아보았다. 아무리 생각해봐도 이곳이 오기 전에 들었던 가드 대한민국 지부의 지하에 있는 그 공간은 아닌 것 같았다.

"대체 어디지 여긴?"

그는 가슴에 손을 올려 안쪽에서 느껴지는 신호 장치를 매만지며 깊은 한숨을 내쉬었다.

*   ⁂   *

"음?"

"느꼈나?"

"흐음."

"마스터가 더 이상 이곳에 올 사람은 없다고 하지 않았던가?"

"그랬던 걸로 기억하네만."

"대체 무슨 일이 일어나고 있는 게야?"

"제가 가보겠습니다."

깊은 산중에 자리한 커다란 오두막집 식사를 하기 위해 식탁에 둘러앉은 여섯 사람이 묘한 표정을 지은 채 대화를 나누고 있었다.

개중 가장 젊어 보이는 사내가 숟가락을 내려놓으며 자리에서 일어났다.

"봐서 정상이 아닌 것 같으면 굳이 데리고 올 필요는 없다."

"네."

"그래도 얼굴은 보는 게……."

단호한 노인의 말에 곁에 앉아있던 여인이 조심스럽게 말을 건넸다. 그러다가 노인과 눈이 마주치자 찔끔한 표정으로 다시금 앞에 놓인 수프를 떠먹는 일에 집중했다.

문을 열고 오두막을 나선 사내가 땅을 박차자 보고도 믿을 수 없는 광경이 펼쳐졌다. 높이 솟아오른 사내가 마치 무게가 느껴지지 않는 깃털과 같은 부드러운 몸짓으로 균형을 잡는가 싶더니 드높이 솟아있는 나무의 가지들을 박차며 숲 위를 마치 평지처럼 내달렸다.

•　▲　•

"저 녀석인가?"

이제는 더 이상 관리할 필요성을 느끼지 못해 방치해두다시피 한 포탈 주변에서 오크무리와 대치하고 있는 유건의 모습을 바라본 사내가 살짝만 힘을 줘도 부러질 것 같은 가지 위에 가부좌를 틀고 앉아 그가 하는 행동을 관찰하기 시작했다.

"호오~"

이리저리 옮겨 다니며 오크 넷을 쓰러뜨릴 때까지만 해도 연신 하품을 해가며 지루해하던 그가 유건이 날린 주먹에 나머지 녀석이 멀리 날아가는 모습을 보고는 나직이 감탄했다. 어딘지 모르게 엉성해 보이긴 하지만 그래도 제법 봐줄만한 일격이었기 때문이었다.

"요즘도 발경을 가르치나?"

자신이 이곳으로 올 때 까지만 해도 여타 다른 이능력에 비해 그 효율성이 떨어지는 정통 무술(武術)에 관심을 가지는 이들의 숫자가 현저하게 적어지는 추세였다.

비록 무신이라는 탁월한 무인이 굳건히 자리를 지키고 있었기에 망정이지 그분이 아니었다면 진즉에 가드 내에서 퇴출당했을 지도 모르는 상황이었다.

보아하니 폭주거나 한 것 같지도 않은데다가 나름 무(武)의 향기를 풍기는 녀석의 몸짓에 흥미가 동한 사내가 눈을 빛내며 본격적으로 유건의 일거수일투족에 집중하기 시작했다.

"쿠웨에에에엑!"

마지막까지 도끼를 휘둘러가며 발악을 하던 오크 녀석이 돼지 멱따는 소리를 질러가며 저만치 날아가 처박히는 것을 끝으로 전투가 종료됐다.

주변을 둘러보며 한숨을 내쉬던 유건의 뒤로 돌아간 사내가 날카롭게 벼려진 단검을 그의 목에 가져다 대며 나직하게 속삭였다.

"허튼짓하면 변이할 시간조차 주지 않고 그대로 목을 날려버린다. 알겠나?"

온 몸에 소름이 돋아날 만큼 사내의 무미건조한 목소리에서 짙은 살기가 묻어나왔다. 유건이 천천히 고개를 끄덕이자 사내가 물었다.

"여긴 어떻게 왔지?"

"포…… 포탈을 타고."

'저게 아직도 작동을 하나?'

꽤나 오랫동안 방치한 탓에 제 기능을 상실한 줄 알았던 포탈을 흘깃 쳐다본 사내가 비교적 차분하게 대처하는 유건의 모습을 바라보며 가볍게 미소 지었다. 비록 양팔뿐이었지만 분명 기이한 형태로 변이되는 모습을 똑똑히 지켜봤었기에 굳이 물어볼 필요는 없었지만 상대의 반응을 떠보기 위해 두 번째 질문을 던졌다.

"적응자인가?"

"네…… 넵."

"흐음…… 폭주했나?"

"네."

"제 발로 걸어 들어온 건가?"

"그렇습니다."

유건은 질문에 대답을 하나씩 할수록 목에 가까이 붙어 있던 칼날이 점차 떨어지는 것을 느낄 수 있었다.

털썩.

목에서 느껴지던 서늘한 기운이 사라지자 천천히 고개를 돌린 유건의 눈에 바닥에 아무렇게나 주저앉은 사내의 모습이 들어왔다.

"뭘 그렇게 멀뚱하니 쳐다보고 있나? 올려다보기 힘드니까 좀 앉아라."

조심스럽게 사내의 곁에 앉은 유건이 연신 흘깃거리며 사내를 쳐다보자 거칠게 머리를 긁적이던 그가 상념을 털어내기라도 하듯이 머리를 좌우로 흔들었다.

"분명 내가 마지막이라고 했는데, 대체 너는 뭐냐?"

"예?"

"아~그러니까 내가 마지막 적응자였어야 한다고. 분명 공식적으로 확인된 사실이거든. 게다가 내 눈으로 모든 자료들을 폐기하는 장면까지 똑똑히 봤고. 두 번 다시 적응자를 만들어내기 위한 실험을 하지 않는다는 조건으로 내

가 이곳에 들어온 거란 말이지. 그러니까 대체 너는 뭐냐
고."

"저…… 저는 백유건인데요?"

"거참 미치겠네. 백유건인지 백무건인지 내 알바 없고.
혹시 너 무슨 실험에 자원했었냐?"

"아니요."

"그럼? 설마…… 그냥 자연 발생한 적응자라고 말하려
는 건 아니지? 그치?"

부릅뜬 눈으로 자신을 바라보며 물어오는 사내를 향해
유건이 어색하게 웃으며 대답했다.

"아무래도 그 설마가 맞는 것 같은데요?"

"허~! 미치겠네. 그 거짓말을 지금 나보고 믿으라고?"

"사……실인데요."

"안되겠다. 아무래도 이 문제는 나 혼자 처리할게 아닌
것 같아 보이니까 자리를 옮겨서 얘기하자."

"어디로?"

반문하는 유건의 눈에 놀란 눈으로 뒷쪽을 가리키는 사
내의 모습이 들어왔다.

"어라?"

"에?"

갑자기 뒷쪽을 가리키며 놀라워하는 사내를 따라 뒤를
돌아본 유건의 눈에 순간 별이 번쩍였다. 그리고 이내 정

신이 아득해졌다.

'치사하······.'

털썩.

"이건 뭐 적응자 치고는 심하게 얼빵한 녀석이 왔네. 설마하니 그렇게 쉽게 속을 줄은 나도 몰랐다. 쩝."

무안한 얼굴로 입맛을 다신 사내가 정신을 잃고 쓰러져 있는 유건을 가볍게 들쳐 매고는 이내 나무 꼭대기로 솟구쳐 올랐다.

⋆ ▼ ⋆

'응?'

유건을 들쳐 매고도 아무렇지도 않은 듯 표홀한 몸놀림으로 나뭇가지를 박차며 몸을 날리던 사내가 빠른 속도로 달리다 말고 낭창거리는 가지 위에 부드럽게 멈춰 섰다.

붉은 색 무복을 갖춰 입은 여인이 마찬가지로 가느다란 나뭇가지 위에 몸을 실은 채로 그를 기다리고 있었다.

"마중 나온 겁니까?"

"뭐~ 얼굴이나 먼저 좀 볼까 하고."

"보시다시피 어린 녀석입니다."

"그래? 어디 보자? 흐응~ 조금 앳되어 보이기는 하네. 그건 그렇고 어땠어?"

축 늘어져 있던 유건의 머리를 쓸어 올리고 그의 얼굴을 확인하던 여인이 사내를 향해 물었다.

"폭주한 뒤에 자기 발로 걸어 들어왔다더군요. 느껴지는 기세로 봐서는 한번 뿐인 것 같았습니다."

"호오~? 그래? 단 한번 폭주하고 이곳으로 왔다고? 흐응~ 뭔가 냄새가 나는 걸?"

"그렇죠? 누님도 그렇게 생각하시죠? 아무래도 이 녀석한테 들을 얘기가 좀 많을 것 같습니다."

"이러고 있을 게 아니라 서둘러서 가자. 어르신께서 기다리고 계시니까."

"네, 누님."

동시에 나뭇가지를 박차고 날아오른 두 사람의 신형이 짙은 호선을 그렸다.

오두막에 도착한 두 사람이 몇 발자국 내딛기도 전에 문이 열리며 거대한 체구를 자랑하는 사내를 필두로 네 사람이 걸어 나왔다.

"태환이가 여러모로 수고가 많다."

거구의 사내가 유건을 바닥에 천천히 내려놓은 뒤 목을 꺾어가며 몸을 풀고 있는 김태환의 어깨를 두드리며 그를 스쳐지나갔다. 그의 두툼한 손에서 느껴지는 온정에 태환의 입에 미소가 걸렸다.

"오라버니? 저는요? 응? 응?"

태환의 곁에 서있던 여인이 거구의 사내가 자신에게 별다른 말이 없자 이내 뾰로통한 표정으로 그에게 다가가 되물었다.

"하하하하, 우리 향아도 고생 많았지 암~ 그렇고 말고."

그런 여인의 모습에 너털웃음을 터트린 사내가 솥뚜껑만한 손을 들어 그녀의 머리를 조심스럽게 쓰다듬었다.

"헤에~"

숲에 거하는 일족들에 있어서 '붉은 마녀'라고 불리며 공포의 대명사로 통하는 그녀였지만 거구의 사내 남궁태민 앞에서 만큼은 늘 수줍은 소녀일 뿐이었다.

그런 그녀의 모습을 바라보고 있던 태환이 입을 가린 채 소리죽여 웃었다. 그런 그의 귓가로 월향의 전음이 들려왔다.

– 어쭈? 웃지? 너 조금 있다가 따로 좀 보자.

"히끅!"

웃다말고 사레가 들린 태환이 붉어진 얼굴로 연신 딸꾹질을 해댔다. 그가 괴로워하거나 말거나 코웃음을 날린 그녀가 남궁태민의 커다란 팔에 매달리듯 달라붙었다. 그런 그녀를 바라보며 거구의 사내 남궁태민이 말했다.

"허허허허, 너는 나이가 몇인데 아직까지 어리광인 게냐?"

"피~ 어차피 오라버니 앞에서는 항상 어린애인 걸요 뭐~"

"흐음~ 그런가? 것도 듣고 보니 그렇구나."

그런 그녀의 어깨를 조심스럽게 다독거린 남궁태민이 한쪽 무릎을 꿇고 바닥에 누워 고른 숨을 쉬고 있는 유건의 손목을 잡았다.

가만히 눈을 감고 집중하던 그가 환한 웃음을 지으며 자리에서 일어섰다.

"다행히 놈에게 먹히거나 하지는 않은 것 같구나. 마치 누가 도와주기라도 한 것처럼 잘 격리되어 있어. 일단은 깨어날 때까지 조금만 기다리면 될 것 같다."

"크흠~ 그 말이 참말인 게냐?"

남궁태민의 말이 끝나기 무섭게 헛기침을 한 노인이 길게 자라난 수염을 한차례 쓰다듬으며 물었다.

"네, 어르신. 우려하던 일은 없을 것 같습니다."

그런 그를 향해 남궁태민이 공손히 고개를 숙이며 대답했다. 그의 말에 노인의 눈이 부드럽게 풀리자 뒤에서 잠자코 있던 금발의 사내가 앞으로 나서며 한 차례 박수를 쳤다.

"자! 그럼 우리 모두 본격적으로 새 식구를 맞이할 준비를 해볼까요? 하하하하"

그런 그의 앞을 지나가던 월향이 고개를 흔들며 말했다.

"또 시작이네."

그녀의 뒤를 따라 오두막으로 향하던 태환이 혀를 차며 말을 이었다.

"쯧쯧쯧~ 아무튼, 매사에 혼자 뭐가 그렇게 즐거운 건지. 저것도 병이야 병."

마지막으로 기절한 유건을 들쳐 업은 남궁태민이 묘한 표정을 한 채 멍하니 하늘을 보며 서있는 금발 사내의 어깨를 두드리며 지나갔다.

그가 처음 이곳에 도착했을 때만 해도 사람들은 그런 그의 밝은 면을 무척 좋아했었다. 그때만 해도 다들 폭주의 후유증에서 쉽게 벗어나지 못해 분위기가 무겁게 가라앉아있었기 때문이었다. 그러나 그것도 한 두 번이지 무슨 일이 있을 때마다 잔치를 벌이자고 호들갑을 떠는 그의 모습에 종국에 가서는 모두들 지쳐버리고 말았다. 그리고 모두들 입을 모아 그런 그의 상태를 한마디로 정의했다.

조증(躁症, Mania)!

비록 폭주로 인해 발생한 후유증의 일종이긴 했지만 일년 삼백육십오일 내내 하루도 빠짐없이 즐거워 어쩔 줄 모르는 그의 모습에 그 사람 좋은 남궁태민 마저도 난색을 표할 정도였으니 뭐든 한쪽으로 지나치게 치우치면 문제가 생기는 법이었다.

과거 가드 유럽 지부들 사이에서 모르는 이가 없을 정도로 잔혹한 사냥꾼이었던 포르테 센트룸이 모든 이들의 외면 속에서도 눈가에 맺힌 눈물을 훔쳐낸 뒤 꿋꿋하게 잔치준비를 하기 위해 모닥불을 만들기 시작했다.

"오! 역시 너 밖에 없구나."

검은색 복면으로 입을 가린 채 두 눈만 내놓은 사내가 그런 그를 도와 나무를 쌓기 시작했다. 모두가 무시하는 센트룸의 의견에 묵묵히 동조해주는 이는 현재 그가 유일했다.

"뭐~ 딱히 할 일도 없고."

아무렇게나 던지는 것 같았지만 그가 던지는 나무들이 질서 정연하게 한 치의 오차도 없이 거대한 탑을 쌓아가고 있었다.

무음의 살인자. 가드 일본 지부 내에서 최고 최악의 암살자로 이름 높았던 스즈키 츠요시의 작품이었다.

정신을 차린 유건의 눈에 통나무로 만든 오두막의 천장이 눈에 들어왔다. 아무렇게나 매달아 놓은 짐승 가죽들이 바람을 타고 천천히 흔들리고 있었다.

이곳이 어딘지 잠시 생각하던 유건이 벌떡 몸을 일으키며 주변을 둘러봤다.

'흠칫.'

고개를 돌리던 그의 눈이 그가 누워있던 침상 곁에서 나른한 표정으로 자신을 바라보고 있던 여인과 마주쳤다.

"안녕? 생각보다 빨리 정신을 차렸네?"

"누…… 누구신지?"

"흐음~ 다짜고짜 공격을 하지 않는 거 보니까 태민 오라버니 말이 맞는 것 같네. 나는 월향. 일단 너보다 위니까 편하게 누님이라고 불러."

고개를 갸웃거리며 대답하는 그녀의 눈이 초승달 모양을 그리며 곱게 휘어졌다. 어디 가서도 빠지지 않을 만큼 빼어난 미모를 갖춘 그녀가 눈웃음까지 치자 주변이 다 환해지는 것 같았다.

"저는 백유건이라고 합니다."

"응, 알아. 아까 태환이한테 들었어. 아? 태환이는 조금 전에 너 데리고 온 사람 이름이야."

"그렇군요. 헌데 여긴 어디죠?"

주변을 둘러보며 묻는 유건을 향해 그녀가 말했다.

"보다시피 깊은 산중에 있는 오두막이지만…… 네가 알고 싶은 건 그런 게 아니겠지? 후훗, 정확히 말하면 격리된 적응자들의 쉼터라고나 할까? 너도 적응자라며? 그럼 오기 전에 대충 어느 정도는 설명을 듣고 왔을 거 아냐?"

"제가 듣기로는 가드 대한민국 지부 지하에 마련된 공간이라고만…… 헌데 여기는 지하가 아닌 것 같은데요?"

싸우는 와중에도 눈을 간질이던 햇살을 또렷하게 기억하는 유건이 그녀의 눈을 쳐다보며 말했다.

"호오~ 아주 샌님은 아닌가 보네? 뭐 자세한 얘기는 어르신부터 만난 다음에 하도록 하자고. 일단 나가자. 센트룸이 널 위해 이것저것 준비한 모양이니까."

몸을 일으켜 밖으로 나서는 그녀의 뒤를 따라 나선 유건의 눈에 너른 공터 한 가운데 밝혀진 환한 모닥불이 제일 먼저 들어왔다.

"여~ 깨어났구나? 아까는 조금 미안했다. 일단 이리로 앉지?"

밖으로 나선 그를 제일먼저 알아채고 반갑게 손을 흔드는 이는 유건의 뒤통수에 일격을 날렸던 태환이었다.

그의 목소리에서 느껴지는 담백함에 쓰게 웃은 유건이 그의 곁에 다가가 소리 나게 앉았다.

피어오르는 흙먼지를 손으로 날려가며 인상을 찌푸린 태환이 유건을 향해 들고 있던 잔을 건넸다.

"큭~ 억울하면 너도 나중에 한방 날리던가. 자~ 받아라. 어차피 한 식구로 지내게 될 거 사이좋게 지내자고."

그가 건네는 나무잔에는 아귀까지 가득 채운 황금빛 액체가 넘실대고 있었다.

그의 손짓에 따라 잔을 입에 가져다 대고 조심스럽게 한 모금 마시던 유건의 눈이 휘둥그레졌다.

"하하하하, 어때? 맛 죽이지? 내가 이 맛 때문에라도 여길 못 떠난다니까? 크하하하하."

그의 말처럼 입 안에 들어가자마자 부드럽게 목을 타고 넘어가는 기분 좋은 느낌에 절로 미소가 지어졌다. 곧이어 입 안 가득 맴도는 달콤하고 청량한 기분에 기분 좋은 한숨이 새어 나왔다. 게다가 순식간에 얼굴을 붉게 달아오르게 만드는 진한 술기운까지. 지금껏 그가 마셔본 그 어떤 술보다 훌륭했다.

"후아~ 좋은데요?"

"어쩌다가 친분을 맺게 된 드워프들이 주기적으로 가져다주는 술이야. 괜찮지?"

어느새 그의 곁으로 다가와 빈 잔을 채워주던 월향이 한쪽 눈을 찡긋 거리며 물었다.

"정말 좋네요."

"다짜고짜 쳐들어가서는 닥치는 대로 두들겨 패다가 그쪽 대전사랑 하루 종일 치고 박고 하다가 결국 죽이 맞아서 술친구 한걸 네 글자로 줄이면 '어쩌다가'가 되나보네요? 크큭. 커윽!"

옆에서 그 과정을 요약해서 풀어내던 태환이 기이한 곡선을 그리며 날아든 술잔에 뒤통수를 얻어맞고 한동안 괴로움에 몸부림 쳤다.

그가 괴로워하든지 말든지 아무렇지도 않은 얼굴로 빈잔에 술을 채워주던 그녀가 밝게 웃으며 유건의 뺨을 토닥거렸다.

"일단 기분 좋게 마시라고. 대화할 시간은 차고도 넘치니까."

센트룸이 정성을 다해 구워낸 고기를 안주 삼아 서로 통성명을 하며 주거니 받거니 하다 보니 어느새 술기운에 몸을 제대로 가누기가 힘들 정도가 되어 버렸다.

"아 글쎄 누님께서 그 오크족 대전사와 대판 싸우고 난 다음에 뭐하고 했는지 아세요?"

말주변이 좋은 태환의 입담에 모두의 시선이 그의 입으로 모여들었다.

"'이런 x만한 오크 새끼가 제법이네?' 그랬더니 그 말을 들은 오크가 하는 말이 아주 가관이었죠."

"뭐라고 했는데? 응? 빨리 말해봐!"

그의 말에 온 정신을 뺏긴 센트룸이 고기를 굽다 말고 멈춰서서 태환의 다음 말을 재촉했다.

"아 글쎄…… 그 놈이 이렇게 말하더라니까요? '크륵! x이 뭔가 인간 여자!' 크하하하하 그 말을 들은 누님의 표정을 봤어야 하는 건데."

"푸하하하하하."

"껄껄껄껄, 거 향이에게 그런 면이 있었구나."

"크ㅎㅎㅎㅎㅎㅎ 그러게요 커흑!"

배를 잡고 웃던 태환이 기묘한 비명을 지르며 옆구리를 부여잡고 바닥을 뒹굴었지만 이미 웃음바다가 되어버린 장내에서 그런 그에게 관심을 주는 이는 하나도 없었다.

모닥불의 불이 잦아지고 어느 정도 분위기가 마무리 되는가 싶을 즈음 분위기가 조금씩 무거워지기 시작했다. 유건의 본능이 위기를 감지하자마자 언제 그랬냐는 듯 그의 온 몸을 가득 채우고 있던 술기운이 순식간에 사라져 버렸다.

일변한 분위기를 온 몸으로 느끼며 긴장한 눈으로 사방을 훑어보던 그를 향해 줄곧 말없이 술잔을 비우던 노인이 천천히 입을 열었다.

"백유건이라고 했던가?"

"네. 그렇습니다."

"나는 마진혁이라고 하네. 한때 가드 대한민국 지부를 맡고 있었지. 지금은 옛날 얘기지만……."

"그러시군요."

쓰게 웃는 그의 주름진 눈가를 타고 짙은 회한이 묻어나왔다.

"태환이 녀석의 말에 의하면 자연 발생한 적응자라고 하던데 그게 사실인가?"

"그렇습니다만……."

"흐음…… 과연 그게 가능한 일인가?"

유건에게 재차 확인을 한 마진혁이 남궁태민을 바라보

며 물었다. 그의 물음에 골똘히 생각에 잠겨 있던 남궁태민이 천천히 입을 열었다.

"확률상으로는 가능하지만 실제로는 불가능하다고 여겨졌습니다. 적어도 조금 전까지는 말이죠. 헌데…… 아주 불가능한 건 아니었네요."

그의 옆에서 유건의 모습을 한차례 훑어본 태환이 허탈하게 미소 지으며 말했다.

"너 진짜 어떤 실험에도 참여한 적이 없는 거냐? 뭐~ 이를테면 신약을 테스트한다던가? 아니면 정력에 좋다던가? 뭐 이런 저런 이유로 뭘 먹거나 주사를 맞거나 한 적이 없어? 정말? 응?"

"없……는데요?"

"허~! 거참 이게 말이 돼? 내가 더 이상 그런 그지 같은 일을 못하게 하려고 무슨 짓을 했는데. 자연발생? 허참~ 보고도 믿어지지가 않네."

한참 열을 내며 소리를 지르던 그가 속이 탄 듯 손에 든 잔을 벌컥벌컥 마시더니 탁자위에 소리 나게 내려놨다.

따악!

"아욱!"

"넌 좀 가만히 있어봐 애가 주눅 들어서 말을 못하잖아!"

그런 태환의 뒤통수를 갈긴 월향이 억울하다는 얼굴로 쳐다보는 그를 향해 한차례 으르렁 거린 뒤 언제 그랬냐는 듯 부드러운 얼굴로 유건을 향해 물었다.

　"그래서 폭주는 한 번만 했고?"

　"네, 한번……."

　자신의 손에 죽임을 당한 수많은 사람들의 모습이 떠오른 유건이 가라앉은 목소리로 대답했다.

　"흐음~ 처음이었다면…… 여러모로 힘들었겠네?"

　그런 그의 곁으로 다가 앉은 월향이 진심어린 표정으로 그의 어깨를 다독였다.

　"이 누나는 말이지. 총 다섯 번 폭주했어. 나로 인해 죽은 사람이 못해도 수천은 넘을 거야. 이 말이 위로가 되진 않겠지만 여기 있는 사람들은 모두 너처럼 폭주한 경험들이 있으니까 그런 경험을 한 뒤 찾아오는 괴로움과 죄책감을 그 누구보다 깊이 이해할 수 있을 거야. 그러니 혼자 그렇게 괴로워하지는 말아줘. 네 표정을 보는 내가 다 마음이 아프다 야……."

　그런 그녀의 말에 유건의 눈에서 눈물이 끊이지 않고 흘러내렸다. 마치 억눌러왔던 둑이 터진 것처럼 흘러내리는 눈물과 함께 유건의 괴로움에 가득 찬 신음소리가 들려왔다.

　그런 그의 모습을 바라보는 이들의 얼굴이 안쓰러움으

로 가득했다. 그 모습이 바로 자신의 모습이기도 하기
에…….

　모닥불이 다 타들어 갈 때까지 유건의 억눌린 울음소리
는 그칠 줄을 몰랐다.

　얼마나 지났을까? 유건의 흐느낌이 잦아들 때 그의 어
깨를 토닥거리던 월향이 이름 모를 꽃이 곱게 수놓아져 있
는 손수건을 그에게 내밀었다. 무심코 손수건을 받아들고
엉망이 되어버린 얼굴을 닦아내던 유건이 그제야 자신이
처음 보는 여자의 품에 안겨 있었다는 생각을 하고는 붉어
진 얼굴로 화들짝 놀라 뒤로 물러섰다.

　그런 그의 모습에 실소를 머금은 월향이 그를 향해 놀리
듯 입을 열었다.

　"어머? 한참동안 끌어안고 여기 저기 주물럭거리던 게
어디에 누구였더라?"

　"그…… 그건!"

　귀까지 빨개진 얼굴로 도리질을 치는 유건의 모습에 참
았던 웃음을 터트린 월향이 배를 잡고 그 이후로도 한참을
웃었다.

　"푸하하하하, 너는 애가 원래 그렇게 맹한 거냐? 아니면

폭주로 인한 후유증인거냐? 푸하하하하, 태환이 녀석이 요즘 머리가 굵어져서 놀리는 맛이 없었는데 아주 잘 됐다 잘 됐어."

그제야 그녀가 자신을 놀린다는 걸 깨달은 유건이 어색하게 웃으며 헛기침을 했다. 적응자가 되고 나서 많은 변화가 있었다고 한들 여자 문제만큼은 이전이나 지금이나 그리 나아진 게 없어보였다.

심호흡을 한 뒤 마음을 가다듬은 유건이 자신을 위해 애써준 그녀를 향해 살짝 고개를 숙여 감사를 표했다.

한참을 울고 났더니 가슴속에 응어리 졌던 것이 풀어진 기분이었다. 마음이 개운하니 머리까지 맑아진 것 같았다.

그런 그를 향해 조금 전 질문을 던졌던 노인 마진혁이 조금은 풀어진 얼굴로 말했다.

"그래, 이곳에 오기 전 마스터께서 달리 전하신 말은 없었나?"

"마스터요? 누구를 말씀 하시는 건지?"

"가드의 모든 일들을 총괄하는 마스터 말일세. 설마 그 분을 모르는 건 아니겠지?"

"죄송하지만 그런 분은 뵌 적이 없는데요?"

"허~! 그럼 대체 누가 너를 이곳으로 보냈단 말이냐?"

"지부장에게 제가 이곳으로 보내달라고 요청했습니다만?"

"그래서 네 요청을 받아들인 지부장이 별다른 말도 없이 너를 이곳으로 보내줬단 말이더냐?"

"네. 무슨 문제라도 있나요?"

주변의 분위기가 심각해지자 뭔가 자신이 모르는 중요한 일이 있다는 것을 깨달은 유건이 조심스럽게 되물었다.

"그래, 일단 그건 나중에 알아보기로 하고 너는 대체 무엇 때문에 이곳으로 보내달라고 한 게냐?"

그의 물음에 자신이 이곳으로 오게 된 경위를 한참동안 설명하는 유건의 말이 이어질 때마다 주변에 아무렇게나 걸터 앉아있던 이들의 얼굴이 시시각각으로 변했다.

"……해서 시간이 필요하다는 걸 느끼고 이곳으로 보내달라고 요청하게 된 겁니다."

그의 말이 끝나자 마진혁이 눈을 감은 채 한참동안 말없이 앉아있었다. 무겁게 가라앉은 분위기 탓에 쉽게 말을 잇지 못하고 눈만 데굴데굴 굴리고 있던 유건을 향해 거구를 자랑하는 남궁태민이 가까이 다가와 그의 커다란 손으로 유건의 어깨를 두드렸다.

"네가 고생이 많았구나."

이곳에 있는 이들은 모두 적게는 두 세 차례에서 많게는 십여 차례까지 폭주를 경험했던 사람들이었다. 그러나 그 중 어느 누구도 누군가에 의한 의도적인 방법으로 인해 폭주를 경험하진 않았었다.

그가 말한 윗선이 과연 어디까지 일지 여기에 있는 그 누구도 쉽사리 짐작할 수 없었다. 무언가를 언급하기엔 그를 둘러싸고 있는 현실이 녹녹치 않다는 것을 그들 모두 공감하고 있었다. 그렇기에 작금의 상황에 쉽게 입을 열수가 없었던 것이었다.

한참 동안 눈을 감은 채 말이 없던 노인 마진혁이 눈을 뜨고 천천히 입을 열었다.

"그래, 지금 지부장을 맡고 있는 사람이 박태민이라고?"

"네."

"이 아이가 말한 녀석이 네가 알고 있는 그 녀석이 맞는 게냐?"

태환을 향한 노인의 물음에 인상을 찌푸린 채 골똘히 생각에 잠겨 있던 그가 대답했다.

"설명을 들어보니 철환이 녀석과 어릴 적부터 붙어 다니던 그 녀석이 맞는 것 같네요."

"뭐 따로 짐작되는 배후라도 있느냐?"

"아직까지는 그저 추측일 뿐입니다. 녀석의 집안도 뿌리까지 철저한 무가라서 그런 일에 손을 댈 만큼 타락하진 않았거든요. 스스로의 힘으로 우뚝 서는 것이 목표인 만큼 누군가의 하수인으로 전락한다는 건 상상도 못할 일일 겁니다."

"흐음~ 그렇다는 건?"

"녀석의 집안과 상관없이 철저히 그 녀석 선에서 이루어진 일이라는 거죠."

"확실한가?"

"네, 확실합니다."

"센트룸."

"네, 어르신."

마진혁의 부름에 태환의 곁에서 잠자코 있던 센트룸이 곧바로 대답했다.

"가드 내에서 이런 일에 손을 뻗을 만한 이들이 있나?"

"일단 제 머릿속에 떠오르는 인물이 몇 있습니다만……마스터가 멀쩡하게 버티고 있는데 그런 일에 섣불리 손을 댈 만큼 간이 크지는 않은 걸로 아는데 말이죠."

모처럼 입가에 미소가 사라진 센트룸이 진지한 얼굴로 고개를 갸웃거리며 말했다.

"어떻게 생각하나?"

마진혁의 물음에 남궁태민이 잠시 생각을 정리 한 뒤 입을 열었다.

"두 가지 경우를 생각해 볼 수 있을 것 같습니다. 하나는 마스터의 신변이나 주변 상황에 변화가 생겼을 경우입니다. 제가 이곳에 올 때만 해도 더 블랙과 대치하느라 다른 일들에 여력을 둘만큼 그리 여유로운 상황은 아니었으니까요. 상황이 더 악화됐다면 그의 장악력에 구멍이 생길 여지는 얼마든지 있지요. 그럴 경우 그가 없는 틈을 타 다른 생각을 가지고 있던 일들이 일을 벌일 수도 있겠죠. 다른 하나는 마스터의 이목을 속일만큼 강력한 제 삼의 인물이 이번 일에 관여했을 경우입니다."

"그 정도로 강한 인물이 가드 내에 있었나?"

대화를 나누는 내내 침묵하고 있던 스즈키 츠요시가 남궁태민을 향해 질문을 던졌다.

"물론 없지. 하지만 다른 세력에 속한 인물이라면 충분히 가능하겠지 이를테면……."

"이를테면?"

"더 블랙(The Black) 같은."

그의 말이 끝나기 무섭게 마진혁의 얼굴이 굳어졌다. 그리고 한층 더 무거워진 목소리로 그에게 물었다.

"태민이 네 생각에는 그게 가능하다고 보느냐?"

"적어도 그들 가운데 열두 사도들 정도면…… 아 이젠 열한 사도군요. 아무튼 그들 정도면 능히 마스터와 일전을 벌일 수 있을 정도로 강하니까요. 그렇다고 승리하기는 힘들겠지만 적어도 그 중 둘 이상이 이번 일에 참여했다면 충분히 마스터의 이목을 속일 수 있었을 겁니다."

잠깐 마진혁을 돌아본 뒤 말을 정정한 남궁태민을 향해 그가 계속해서 말을 건넸다.

"그래서 너는 어느 쪽에 무게를 두고 있느냐?"

"아마도 두 가지 경우가 복합적으로 작용하지 않았을까 싶네요. 유건의 말을 통해 유추해 본다면 그곳으로 넘어간 몬스터들이 본격적으로 적응하기 시작한 것 같으니까요. 그렇다는 얘기는 차원을 잇는 통로가 어떤 이유에서건 안정화가 되었고 따라서 자연스럽게 미더 블랙의 상태가 점차 회복되고 있다는 뜻이니 그런 상태에서는 마스터가 다른 일에 신경을 쓸 만큼 여유가 없었을 겁니다."

"흐음~ 그렇다면 녀석들이 수를 쓰기에도 좀 더 쉬웠겠군."

"사람의 욕망은 끝이 없는 것이니까요. 그런 이들에게 있어서 더 블랙과 손을 잡는 다는 발상도 충분히 가능한 일이죠."

"어쨌거나 마스터께서 힘들어지신 것만큼은 분명하구나."

"그렇죠."

고개를 끄덕이며 생각을 정리한 마진혁이 유건을 향해 말했다.

"그래~ 돌아갈 방도가 있다고?"

"네, 이 장치로 신호를 보내면 꺼내준다고 했습니다."

품안에 넣어놓았던 작은 장치를 꺼내든 유건이 이를 노인에게 내밀자 이를 조심스럽게 받아든 그가 센트룸을 쳐다보았다. 일행들 중 마법에 능통한 이는 오직 그 뿐이었기 때문이었다.

가까이 다가와 장치를 살펴보던 센트룸이 연신 고개를 끄덕이며 알 수 없는 말을 중얼거렸다.

"어떤가?"

한참동안 말없이 기다리고 있던 마진혁이 센트룸이 고개를 들자 그를 향해 물었다.

"흐음~ 단순한 신호장치는 아니군요. 사방에 새겨진 마법진은 마스터께서 즐겨 사용하시던 그것과 유사합니다. 무척 교묘하게 숨겨져 있어서 얼핏 보기에는 단순한 마법진 같지만 양쪽 면에 걸쳐서 다중소환마법진이 새겨져 있군요. 일부분은 제가 봐도 모를 정도로 복잡한데요? 확실한 건 한 사람 정도는 다시금 원래 있던 곳으로 돌려보낼 수 있다는 것 정도네요."

"그건 불가능하다고 하지 않았었나?"

"미더 블랙의 힘이 강해지고 있다는 말은 곧 마스터의 힘도 강해지고 있다는 말이 되니까요. 그렇다는 말은 이전에 불가능하던 일도 지금은 가능해질 수 있다는 걸 의미하죠."

"그렇군. 헌데 그 정도로 중요한 물건을 그 박태민이라는 자가 지니고 있었다는 게 이해가 되지 않는군."

"아마도 이게 그렇게 중요한 물건인지는 그도 정확히 몰랐을 겁니다. 유건에게도 단순한 신호장치라고 설명했던 걸 보면 말이죠. 게다가 이중으로 처리된 이 마법진은 어지간한 마법사가 아니면 알아보기 힘들 정도로 은밀하거든요. 마스터의 혜안은 범인의 범주를 한참 벗어나지 않습니까? 이 모든 일들을 미리 예측하셨다고 봐도 무리는 없을 겁니다."

"마스터의 수제자였던 자네의 말이 그렇다면 그게 맞겠지. 고맙네."

"별말씀을……."

센트룸을 일별한 마진혁이 유건을 한참동안 유건을 바라보는가 싶더니 의미심장한 표정을 지으며 말했다.

"그렇다면 일단은 자네가 강해질 필요가 있겠어."

"……."

"그 모든 상황속에서도 흔들리지 않을 만큼 말이지. 그곳으로 돌아가게 될 때 적어도 마스터의 어깨를 가볍게 해드릴 정도는 되어야하겠지."

말없이 자신을 바라보는 유건을 향해 그가 이를 드러내며 웃었다.

"마침 이곳에는 할 일 없어 시간을 보내고 있는 좋은 스승들이 많거든."

그의 말에 유건이 고개를 돌려 주변을 둘러보자 그를 향해 각기 다른 형태로 반가움을 표하는 이들의 모습이 눈에 들어왔다.

　마지막으로 자신의 곁에 앉아있던 월향이 눈을 반짝이며 그의 손을 잡았다.

　"일단 내가 먼저 찜!"

#6. 단련(鍛鍊)

NEO MODERN FANTASY STORY

적응자

#6. 단련(鍛鍊)

다음날 아침.

이른 아침부터 부산스럽게 자신을 깨우는 월향의 손길에 이끌려 깊은 숲속으로 한참을 걸어가던 유건이 낯설게 느껴지는 주변을 두리번거리며 그녀를 향해 물었다.

"근데 저희 지금 어디로 가는 거죠?"

"왜? 이 누나가 어디 으슥한 데로 데리고 가서 어떻게 할까봐?"

앞서가던 그녀가 갑자기 뒤로 돌더니 빨간 아랫입술을 살짝 핥으며 유건에게 몸을 밀착시켰다.

"에……? 그…… 그게 아니라."

"흐응? 몸은 맞다고 하는데?"

그녀의 눈길이 유건의 아랫도리로 향했다. 그곳에 위치한 유건의 물건이 자연의 이치에 따라 이른 아침부터 힘껏 자신의 존재를 자랑하고 있었다. 게다가 아찔하게 느껴지는 그녀의 살내까지 맡았으니 잔뜩 성이 나 부풀어 오를 대로 부푼 아랫도리가 뻐근할 지경이었다.

양손으로 그곳을 가린 채 어정쩡하게 뒷걸음치는 유건의 모습에 배를 잡고 한참을 웃던 그녀가 눈에 고인 눈물을 닦아냈다.

얼굴이 발갛게 달아오른 유건이 머쓱하게 뒷머리를 긁적이고 있을 때 그녀가 허리춤에서 작은 병을 꺼내는가 싶더니 뚜껑을 열고는 그대로 주변에 흩뿌렸다.

"하아~ 정말 오랜만에 실컷 웃었네. 이제 보니 너 여자 경험이 별로 없구나? 요즘 보기 드문 천연기념물이네?"

"뭐…… 네."

붉어진 얼굴로 뭔가 억울한 듯 마지못해 답하는 유건의 모습에 다시금 작게 웃음을 터트린 그녀가 말을 이었다.

"그건 그렇고. 유건이 너 적응한 몬스터가 트롤이라고 했지?"

"네."

"여기 트롤은 아마 그쪽에서 경험한 녀석하고는 많이 다를 거야. 뭐…… 일단 가볍게 몸부터 풀어보자고."

말을 마친 뒤 잠시 주변을 둘러보던 그녀가 가볍게 땅을 박차고 나무 위로 올라갔다. 그런 그녀의 모습에 의아한 얼굴로 나무 위를 올려다보던 유건이 발을 타고 전해지는 땅울림에 주변을 돌아보았다.

처음에는 작은 떨림과 같았던 그것이 점차 커지는가 싶더니 이내 거대한 체구를 자랑하는 몬스터가 앞을 가로막고 있던 나무를 그대로 부러뜨리며 등장했다.

얼핏 보기에는 그가 경험했던 트롤과 비슷했지만 느껴지는 기세는 비교 자체를 불허했다. 녀석이 등장하자마자 사방을 짓누르는 무거운 기세로 인해 순간 몸이 굳어버릴 정도였다.

갑작스런 녀석의 등장으로 인해 긴장하고 있는 유건을 향해 그녀가 말을 더했다.

"조금 전에 뿌린 건 수컷 트롤이 냄새를 조금만 맡아도 미쳐 날뛴다는 암컷 트롤의 페로몬이야. 일단 저 녀석부터 빨리 처리하는 게 좋을 걸? 이 근처에 있는 모든 트롤들을 상대하고 싶지 않다면 말이지. 후훗. 그럼 열심히 몸 좀 풀어보라고."

"크오오오오!"

그런 그녀의 설명을 보충하기라도 하듯 모습을 드러낸 녀석의 광포한 울부짖음이 숲을 가득 채워나갔다.

"쳇! 저건 대체 어떻게 생겨먹은 녀석이야!"

투덜거리다 말고 다급히 고개를 숙이는 유건의 머리 위로 그의 허리보다 더 굵은 트롤의 팔이 공기를 가르며 세차게 지나갔다.

뿌드득!

유건의 머리를 스치고 지나간 녀석의 팔에 걸린 두터운 나무가 그대로 부러져 나갔다.

"크오오오!"

유건이 요리 조리 피해 다니는 게 마음에 안 들었는지 침을 튀겨가며 괴성을 내지른 녀석이 붉게 충혈 된 눈으로 숨을 고르고 있는 유건을 내려다보았다.

녀석과 대치하고 있던 유건의 귓가에 장난기 가득한 월향의 목소리가 들려왔다.

"어머? 언제까지 그렇게 도망만 다닐 거야? 조금 있으면 다른 녀석들도 몰려올 텐데. 여기는 다칠까봐 신경 쓸 사람들도 없으니까 마음껏 날뛰어 보라고! 파이팅!"

그녀의 말에 이를 악다문 유건이 처음으로 트롤을 향해 쇄도했다.

부우웅!

달려들던 그를 향해 휘두른 녀석의 팔을 바닥에 닿을 듯이 몸을 낮춰 피해낸 유건이 녀석의 뒤로 돌아갔다.

"크륵?!"

순간 유건의 모습을 놓친 녀석이 의아한 얼굴로 주변을 돌아보는 순간 강하게 땅을 구른 유건이 녀석의 오금을 향해 주먹을 날렸다.

퍼억!

녀석이 휘청거리며 몸의 균형을 잃은 사이 옆에 있던 나무를 박차고 위로 몸을 날린 유건이 어느새 녀석의 등 뒤로 돌아갔다. 공중에서 중심을 잡은 뒤 오른 손을 팽팽하게 뒤로 당겼다가 훤히 드러난 녀석의 목덜미에 주먹을 꽂아 넣었다.

"크아아아!"

본능적으로 몸에 익힌 일점집중의 권이 놈의 두터운 목덜미를 강타했다. 강하게 내지른 유건의 정권에 녀석이 괴로운 비명을 질러대며 거칠게 몸을 흔들었다. 주변을 두리번거리다가 가볍게 몸을 날려 저만치 내려선 유건을 발견한 녀석이 이를 드러내며 으르렁거렸다.

손목을 흔들어 조금 전의 타격을 통해 남아있던 여력을 털어낸 유건이 주먹을 통해 전해지던 반발력이 만만치 않았음을 떠올리고는 미간을 찌푸렸다.

이곳에 처음 도착했을 때 만났던 오크들 보다 배는 더 강한 느낌이었다. 비록 땅에 발을 디디고 있는 상태가 아니었기에 그 위력이 줄어들었다고 할지라도 급소에 전력을 다해 회심의 일권을 날렸음에도 불구하고 놈은 마치 모기에 물리기라도 한 것처럼 한 바퀴 목을 휘돌렸을 뿐 처음과 같이 아무렇지도 않은 모습이었다.

'대체 뭐지? 여기 몬스터들은?'

그런 그를 향해 곧바로 달려들기라도 할 것처럼 기세를 피어 올리던 녀석이 쉽지 않은 상대라고 여겼는지 조금씩 옆으로 걸음을 옮기며 빈틈을 살피기 시작했다. 그런 녀석의 몸에서 조금 전과 달리 강한 기세가 마치 아지랑이처럼 피어오르기 시작했다.

'허! 몬스터가 유형화된 기세를?'

"크오오오오!"

조금씩 이동하는 녀석과 보조를 맞춰 이동하던 유건의 발이 나무뿌리에 걸려 잠시 주춤거리는 사이 거세게 포효하는 녀석의 괴성에 순간 유건의 몸이 마치 가위에 눌린 것처럼 뻣뻣하게 굳어버렸다.

"큭!"

전혀 예상하지 못했던 녀석의 공격에 유건이 마비된 몸을 움직이기 위해 안간힘을 쓰고 있는 사이 바로 코앞까지 접근한 녀석이 거대한 입을 벌려 유건의 어깻죽지를 물어뜯었다. 동시에 역한 입 냄새가 훅하고 밀려들었다.

살이 한 움큼이나 떨어져 나간 어깨 부위에서 핏줄기가
뿜어져 나왔다.

그나마도 목덜미를 향해 다가오는 녀석의 입을 피해 간
신히 몸을 틀었기에 망정이지 아니었으면 목이 반쯤 잘려
나갔을 만큼 커다란 상처였다.

겨우 마비를 풀어낸 유건이 땅을 박차고 한참을 뒤로 물
러서자 그런 그를 물끄러미 바라보고 있던 녀석이 연신 입
을 놀려 입안에 든 것을 씹어 삼켰다.

"젠장!"

어느새 상처부위에서는 피가 멈추고 새살이 돋아나고
있었지만 불에 덴 듯 욱신거리는 어깨부위를 손으로 감싼
유건이 욕지거리를 뱉어냈다.

평소와 달리 지나치게 빠른 회복 속도였지만 흥분한 유
건은 그 사실을 전혀 깨닫지 못하고 있었다.

한 움큼 물어뜯은 걸로는 성에 차질 않는 지 입맛을 다
시던 녀석이 다시금 유건을 바라보며 으르렁거렸다.

왠지 기분이 묘한 게 녀석이 자신을 먹잇감으로 보고 있
다는 걸 느낄 수 있었다.

그 사실을 깨닫고 나자 뱃속 깊은 데서부터 무언가 울컥
하고 치밀어 올랐다.

"내가 네 놈 밥으로 보이냐? 이 새끼야아~!"

소리를 지르며 땅을 박찬 유건이 조금 전에 비해 배는

빨라진 몸놀림으로 순식간에 녀석의 품으로 안기듯 파고
들었다.

"퍼억!

달리던 기세 그대로 몸을 날려 녀석의 명치 부위에 팔꿈
치를 꽂아 넣었다. 팔꿈치에서 전해지는 반발력에 팔 전체
가 저려왔다. 팔꿈치에서부터 개미 수백 마리가 팔을 타고
오르는 것 같은 기분이었다. 마치 거대한 고무 타이어를
방망이로 힘껏 두들겼을 때 느껴지던 그때의 기분과 같았
다.

"쳇!"

공격한 건 자신인데 왠지 손해 본 기분이었다. 나직이
혀를 찬 유건이 그대로 발을 들어 강하게 놈의 발등을 내
리 찍었다.

"크륵!"

이번 공격은 제법 효과가 있었는지 놈이 신음을 토해내
며 인상을 찌푸렸다. 손을 뻗어 유건을 잡으려는 녀석을
피해 뒤로 돌아간 유건이 보기 흉하게 덜렁거리고 있는 놈
의 물건을 그대로 걷어찼다.

"크오오오!"

때린 당사자인 유건조차 이상하게 미간을 찌푸리게 만
드는 공격이었다. 엉거주춤한 상태로 하초를 가린 채 발을
동동 구르던 녀석이 고통으로 인해 흘러내린 침을 질질 흘

려가며 핏발 가득 선 눈으로 유건을 찾아 주변을 두리번거렸다.

그 사이 녀석의 사각으로 몸을 날린 유건이 놈의 무릎을 박차고 뛰어 올라 흉측하게 생긴 녀석의 얼굴을 향해 회심의 일격을 날렸다.

빠각!

손가락만 살짝 구부린 채 팔을 휘둘러 녀석의 귀를 강하게 후려갈긴 유건이 비틀거리는 녀석의 팔을 양손으로 쥔 채 자신 쪽으로 끌어당기며 그대로 바닥으로 떨어져 내렸다.

"차합!"

바닥에 발을 내딛자마자 한층 힘을 더한 유건이 허리를 구부리며 양손으로 잡고 있던 녀석의 팔을 오른쪽 발목을 향해 강하게 잡아 당겼다.

부우웅~!

유건에 비해 거의 세 배 이상 차이가 나는 거대한 녀석의 몸이 유건의 몸짓을 따라 한 바퀴 공중을 크게 돌아 바닥에 머리부터 처박혔다.

뿌득!

목이 부러지는 섬뜩한 소리와 함께 피거품을 내뿜는 녀석의 팔을 들어 올린 유건이 눈앞에 드러난 겨드랑이에 팔꿈치를 꽂아 넣었다.

다른 부위에 비해 비교적 부드러운 그곳에 유건의 팔꿈치가 거의 파묻힐 정도로 깊이 틀어 박혔다. 팔꿈치를 통해 전해지는 느낌이 제법 묵직했다.

"허억 허억……."

들어 올린 녀석의 팔에서 힘이 빠져나가는 게 느껴졌다. 축 처진 녀석의 팔을 치워낸 뒤 가쁜 숨을 내쉬는 유건의 귓가에 월향의 목소리가 마치 귓가에 대고 속삭이는 것처럼 명료하게 들려왔다.

"아직 방심하기엔 이를 텐데?"

흠칫!

그녀의 말이 끝나기 무섭게 뒤쪽에서 머리털이 곤두설 만큼 강렬한 살기가 느껴졌다.

퍼어억!

"커흑!"

뒤를 돌아보려는 찰나 허리를 강타하는 강렬한 충격과 동시에 숨이 턱 막혀왔다. 한참을 날아가 거대한 나무 기둥에 부딪힌 유건이 바닥에 쓰러진 채로 버둥거렸다.

강력한 충격에 의해 위로 올라붙은 횡격막이 제대로 된 호흡을 할 수 없게 만들었다. 바닥을 박박 긁으며 괴로워하던 유건이 한참 만에 피 섞인 기침을 토해냈다. 겨우 트인 숨구멍을 타고 들어간 신선한 공기가 폐부를 가득 채웠다. 갑작스럽게 공기가 들어찼기 때문인지 연신 기침을 해댔다.

"쿨럭 쿨럭. 커~흑······."

눈물 콧물로 뒤범벅이 된 얼굴로 바닥에 주저앉아 숨을
몰아쉬던 유건이 엉망이 된 얼굴을 거칠게 쓸어내며 전면
을 바라보았다. 그 앞에는 언제 그랬냐는 듯 멀쩡한 모습
으로 포효하고 있는 트롤의 모습이 보였다.

어지간한 일이 아니면 숲의 제왕 격인 오우거 조차 상대
하기를 꺼린다는 최악의 몬스터 트롤의 진면목이 드러나
는 순간이었다.

그리고 그 순간 엎친 데 덮친 격으로 한쪽 수풀을 헤치
며 또 다른 녀석이 모습을 드러냈다. 주변을 두리번거리다
가 다른 트롤의 존재를 발견하고는 조심스럽게 경계하던
녀석이 옆구리를 부여잡은 채 가쁜 숨을 내쉬고 있는 유건
을 발견하고는 이를 드러내며 으르렁 거렸다.

"허억 허억······ 쳇! 그렇게 내가 만만해 보인단 말이
지?"

비정상적인 빠르기와 힘. 게다가 이전에 경험해보지 못
했던 회복력까지. 지금 눈앞에 있는 상대는 기존에 그가
알고 있던 트롤이 아니었다.

'그래서 여기 트롤은 많이 다르다고 했던 건가?'

그제야 조금 전 월향이 의미심장한 웃음을 던지며 했던
말이 이해되기 시작했다.

조금 시간이 지나자 옆구리에서 느껴지던 격통이 점차 가라앉았다.

'큭! 이건 뭐~ 따지고 보면 나도 정상은 아니잖아?'

갈비뼈가 몇 대는 부러져 나갔을 텐데도 금세 멀쩡해지는 걸 보면서 유건이 쓰게 웃었다.

그런 그를 향해 각기 다른 방향에서 두 마리의 트롤이 거구에 어울리지 않는 빠른 몸놀림으로 땅을 울려가며 거칠게 달려들었다.

             · ⋈ ·

"커헉…… 헉헉…… 제기랄! 으윽!"

팔꿈치부터 뒤틀린 팔을 강제로 끼워 맞추던 유건이 고통으로 인해 찌푸린 얼굴로 욕지거리를 내뱉었다.

눈썹을 타넘어 흘러내린 땀방울로 인해 눈이 따끔거렸다. 그의 눈앞에서 천연덕스럽게(?) 부러진 팔과 다리를 회복하고 있는 두 마리 트롤의 모습에 헛웃음이 터져 나왔다. 뒤에서는 또 다른 한 녀석이 호시탐탐 기회를 노리며 조심스럽게 걸음을 옮기고 있었다. 가장 마지막에 나타난 녀석인데 하는 짓은 어지간한 인간 못지않게 영악했다.

두 녀석이 막무가내로 달려들어 유건을 공격하는 사이

조심스럽게 기회를 보다가 결정적인 순간에 공격을 내지르고 몸을 빼는 녀석을 보면서 같은 트롤이 맞는지 의아할 정도였다.

어느덧 중천에 떠올라 있던 해가 뉘엿뉘엇 저물어 갈 때 즈음 푸르게 불타오르는 놈들의 눈이 그 기세를 더하기 시작했다.

태초의 혼돈으로부터 탄생한 놈들은 어둠의 종족답게 밤이 되면 낮보다 배는 더 강한 힘을 내는 특징이 있었다.

반면 유건의 손과 발은 체력이 바닥난 것을 알리기라도 하듯이 가늘게 떨리고 있었다.

"에휴…… 이 답답이 같으니라고."

한참동안 잠자코 그가 싸우는 모습을 지켜보고 있던 월향이 가볍게 한숨을 내쉬며 유건에게 말했다.

"언제까지 폭주를 두려워하며 그렇게 웅크리고 있을 거야?"

그런 그녀의 말에 피로로 인해 감겨가던 유건의 눈이 번쩍 뜨였다.

'폭주를 두려워한다? 내가? 그랬던가?'

그녀의 말을 듣고 나니 그제야 자신이 무의식중에 폭주할 것을 두려워해 전력을 다하지 않고 있다는 사실을 깨달을 수 있었다.

마음속 깊은 곳에서부터 다시는 폭주하지 않기를 간절히 바라고 있었다. 그래서 그가 지닌 대부분의 능력을 의도적으로 제한하고 있었다.

지난번 오크와의 대전 때도 무의식중에 잠깐 활용했을 뿐 그 이상은 그의 자의식에 가로막혀 의식의 수면 아래 깊이 침잠해 있을 뿐이었다.

그런 그의 상태를 단숨에 꿰뚫어본 그녀가 적절한 순간에 그의 마음에 파문을 일으켰다.

"여긴 네가 폭주한다고 해도 다칠 사람들도 없을뿐더러 그렇게 쉽게 폭주하지도 않는다고! 그리고 그럴 일은 없겠지만 만에 하나라도 네가 폭주하면 내가 반드시 멈춰줄 테니까 걱정 말고 마음껏 날뛰어보라고!"

만약 자신이 폭주해도 멈춰주는 이가 있다?

지금 이 순간 그에게 있어서 이보다 더 확실하게 각인되는 말이 있을까?

왠지 모르게 믿음이 가는 그녀의 말이 유건의 마음 깊은 곳까지 단숨에 파고 들어갔다. 그리고 그의 마음을 굳게 걸어 잠그고 있었던 빗장을 끌어냈다.

그는 모르고 있었지만 이 순간 그를 격려하는 월향이 운용한 것은 본가에서 비밀리에 전승되어 내려오는 심어(心語)를 그녀 나름대로 개량한 비기였다.

이는 상대방의 의식의 세계를 단숨에 뛰어넘어 그 깊은

곳에 잠자고 있던 무의식에 직접 말을 거는 상승의 무예 (武藝)였다.

이를 통해 단숨에 개화된 그의 마음가짐이 일변하자 그의 몸도 그 즉시 이에 적극적으로 호응하기 시작했다.

뿌득!

뒤틀렸던 팔이 단숨에 제 자리를 찾았다. 그리고 온 몸이 조금 전과 판이하게 다른 모습으로 변하기 시작했다. 마치 폭주했을 때처럼 두터운 외골격이 그의 외부를 빈틈없이 감싸기 시작했다.

덩치는 커지지 않았지만 번들거리는 검은 색 외골격은 마치 중갑을 갖춰 입은 중세의 흑기사를 보는 것 같았다.

피어오르는 기세가 얼마나 강했던지 본능적으로 위기감을 느낀 세 녀석이 동시에 유건을 향해 달려들었다.

쿠우웅!

분명 조금 전까지만 해도 손을 들어 올릴 힘조차 없어보이던 유건이 검게 번들거리는 팔을 들어 각기 다른 방향에서 날아든 녀석들의 주먹을 가볍게 막아냈다. 그리고 조금 전과 판이하게 달라진 유건의 사나운 기세가 폭풍처럼 사방을 향해 몰아쳤다.

순식간에 변모한 유건의 모습에 의아해진 한 녀석의 입에서 묘한 소리가 울려 퍼졌다.

"크르륵?!"

거대한 덩치를 자랑하는 세 마리의 트롤에 둘러싸여 있던 유건이 팽이처럼 몸을 휘돌려 놈들을 사방으로 튕겨낸 뒤 강하게 외쳤다.

"제 이 라운드 시작이다 이 새끼들아!"

＊

전면으로 튕겨져 나간 트롤을 향해 땅을 박차고 몸을 날린 유건이 푸르게 불타오르는 녀석의 두 눈을 직시한 채 수평으로 몸을 띄웠다.

그 상태로 수차례 회전하던 유건이 달리던 관성에 회전력을 실어 오른쪽 다리로 녀석의 머리를 찍어 내렸다.

머리를 향해 떨어져 내리는 발을 막아내던 녀석의 오른팔이 묵직한 충격에 그대로 부러져 나갔다.

"크륵!"

부러진 팔을 부여잡은 채 주춤거리며 물러서는 녀석을 쫓아 땅을 박차던 유건이 배는 빠른 속도로 뒤로 튕겨져 나갔다.

물러서는 것 같아 보였던 녀석이 그대로 몸을 휘돌려 나머지 한 팔로 유건의 몸을 강타했기 때문이었다.

유건이 마음 놓고 자신의 힘을 풀어내는 만큼 녀석들도 밤이라는 절대적인 시간적인 이점을 등에 업고 낮에 비해 배는 강한 힘을 낼 수 있게 되었다. 게다가 숫자의 차이는 무려 세 배. 폭주에 대한 거부감으로 인해 억제하던 힘을 마음껏 끌어 쓸 수 있다고 해서 절대 승리를 장담할 수 없는 요건이었다.

얼핏 보기에도 무게가 열배 이상 차이가 나는 녀석의 주먹을 막아낸 유건이 팔을 타고 전해지는 묵직한 중량감에 인상을 찌푸렸다.

광택이 은은하게 흐르는 검은 색 외골격이 대부분의 충격을 완화시켜주기는 했지만 그럼에도 불구하고 절대적인 중량 차이 때문에 내부까지 전해지는 충격이 만만치가 않았다.

공중에서 몸을 휘돌려 바닥에 착지한 유건이 한 호흡 제대로 가다듬을 새도 없이 급히 땅에 주저앉았다.

"헛!"

부우웅!

그런 그의 머리 위로 거대한 나무가 스쳐지나갔다. 뒤에서 지켜보고 있던 녀석이 근처에 있던 나무를 뿌리 채 뽑아 집어던진 것이었다. 연이어 날아든 공격에 주저 앉아있던 유건이 일어날 새도 없이 그대로 바닥을 굴렀다.

쿠아앙!

굉음이 울려 퍼지며 흙먼지가 어두운 숲속을 헤치고 자욱하게 퍼져나갔다. 또 다른 녀석이 어디서 난건지 모를 몽둥이로 그를 노린 채 강하게 내려친 여파였다. 조금 전까지 유건이 있던 그 자리에는 제법 커다란 구덩이가 만들어져 있었다. 사람 하나 정도는 흔적도 없이 사라져 버릴 만큼 강한 위력이었다.

'제대로 맞으면 그대로 골로 가겠군.'

녀석이 만들어낸 흔적을 흘깃 쳐다본 유건이 미간을 찌푸리며 고개를 흔들었다.

'근데 녀석들이 왜 갑자기 강해진 거지?'

엉망진창이던 공격 패턴이 점차 맞아 들어가기 시작하면서 놈들의 공격이 쉴 새 없이 매섭게 날아들었다. 게다가 전혀 생각지도 못한 공격들이 중간 중간 섞여 있어서 제대로 반격할 기회를 번번히 놓치고야 말았다.

몬스터에 대한 이해가 부족한 유건으로서는 아무리 생각해봐도 그 이유를 알아낼 수 없었다.

놈들의 공격을 충분히 방어해낼 만큼 튼튼한 방어력을 손에 넣었지만 절대적인 중량 차이를 극복하지 못했기에 방어를 해낼 때마다 여기저기로 튕겨져 나가느라 정신이 없었다.

그런 유건과 세 마리의 트롤간의 사투를 나뭇가지 위에 편하게 걸터앉아 지켜보던 월향이 고개를 갸웃거렸다.

"흐음~ 저 형태는 뭐지? 기본적으로 무(武) 계열을 선택한 것 같기는 한데. 저런 형태는 처음 보네. 극단적인 자기

보호 형태인 건가?"

월향이 변화된 유건의 외형을 보며 생각에 잠겨있을 때 그런 그녀가 걸터 앉아있던 가지 위로 태환이 소리 없이 날아들었다. 두 사람이 올라가 있기에는 터무니없이 얇은 나뭇가지였건만 바람을 따라 조금 흔들거렸을 뿐 별다른 이상이 없었다.

"휘유~ 제법 살벌하게들 싸우고 있네?"

짙은 어둠 속에서도 그들이 싸우는 모습을 명확하게 인지한 태환이 휘파람을 불어가며 말했다.

"왔냐?"

그런 그를 향해 월향이 전면을 주시한 상태로 알은 채를 했다.

"어때요? 보아하니 뭔가 달라진 것 같기는 한데. 트라우마(Trauma)는 잘 극복 했어요?"

"뭐~ 보다시피."

"역시 누님이라니까. 그 심어(心語)인지 뭔지 사용한 거죠?"

"응."

"그래도 생각보다 금방 털어냈네요?"

"그러게 어디 누구처럼 폭주하기 싫다고 질질 짜진 않더라고."

"아하하하, 그…… 그 얘긴 왜 또 꺼내고 그러십니까."

겸연쩍게 웃는 태환의 모습에 피식 웃음을 터트린 월향이 진지한 얼굴로 말을 이었다.

"아무래도 누군가가 녀석의 무의식에 먼저 손을 댄 것 같아."

"그래요? 누님 말고도 그런 능력을 가진 사람이 또 있었나?"

"모르지. 세상은 넓고 능력자들은 많으니까."

"그건 그렇다 치고, 밤중에 흥분한 트롤 세 마리라……처음부터 너무 강하게 몰아붙이는 거 아녜요?"

"적어도 우리와 다른 자연발생 적응자라면 뭔가 달라도 다르지 않겠냐?"

"흐음~ 그런가?"

고개를 갸웃거리며 대답하는 태환을 향해 월향이 가볍게 웃으며 말했다.

"아무래도 적응 방향은 너랑 같은 쪽 인 것 같다."

"호오~ 그래요?"

그의 물음에 답하기라도 하듯 유건이 중앙에서 트롤 중한 녀석이 내뻗은 주먹에 자신의 주먹을 강하게 맞부딪혔다.

쩌엉!

강력한 충돌음과 함께 트롤 녀석의 새끼손가락이 기묘한 각도로 뒤틀렸다.

150 적응자 2

맞부딪히기 직전 기지(機智)를 발휘한 유건이 방향을 틀어 녀석의 손가락을 목표로 삼았던 것이었다.

"제법인 걸?"

무(武)에 관한 한 어지간하면 상대방을 칭찬을 하지 않는 태환의 입에서 흘러나온 말에 월향의 입가에 가는 호선이 그려졌다. 그녀가 보기에도 방금 유건이 보여준 한 수는 그가 발군의 전투 감각을 지녔음을 여실하게 보여주는 증거였다.

하물며 무에 관한 한 무척이나 까다로운 태환의 입에서 좀처럼 듣기 힘든 칭찬까지 나온 마당이었다.

애초에 가르치려고 마음먹은 이상 배우는 이가 뛰어난 감각을 지녔다는 사실이 기껍지 않을 이유가 없었다.

그런 그녀의 마음과 달리 유건은 점차 유기적으로 바뀌어가는 놈들의 공격을 피해 이리저리 정신없이 뛰어다니기에 바빴다.

회심의 일격이 성공하기도 잠시 뒤로 물러서는 녀석을 따라 몸을 날리려던 유건에게 피할 수 없는 일격이 날아들었다.

몸의 중심이 앞으로 쏠린 찰나 날아든 일격에 이를 피하지 못한 유건이 팔을 들어 막아냈다.

퍼억!

숲 저편을 향해 한참을 날아간 유건이 전장에 모습을 드러냈을 때는 이미 손가락이 골절된 녀석이 상처를 회복하고 난 뒤였다.

'이런…… 다시 원점이네.'

조금 전부터 머리가 지끈거리기 시작한 것이 왠지 모르게 불안해지기 시작했다. 그런 초조함이 유건으로 하여금 조금씩 무리한 공격을 감행하게 만들었다.

변화를 마친 뒤 기세 좋게 외치며 달려들긴 했지만 자기 못지않게 강해진 세 녀석의 빈틈없는 공격에 휘말려 이리저리 끌려 다니고 있다는 생각이 그로 하여금 침착함을 잃게 만든 것이었다.

방어를 도외시 한 채 앞으로 달려들며 마구잡이로 찍어 내리는 방망이를 피해 방향을 전환하려던 유건이 동시에 양쪽에서 손을 뻗어오는 다른 놈들의 손을 피해 공중으로 솟구쳐 올랐다. 그러나 이내 자신의 실책을 깨닫고 내심 혀를 찼다. 공중에서는 방향 전환이 마음처럼 자유롭지 못하기 때문이었다.

조급함 때문이었을까? 평소와 달리 성급하게 행동한 결과가 곧바로 커다란 위험으로 다가왔다. 아니나 다를까 세마리의 트롤이 자신을 올려다보며 일격을 날리기 위해 각기 다른 자세를 취한 채 떨어져 내리기만을 기다리고 있었다.

'설마 이걸 노리고 공격한 건가?'

공중에서 떨어져 내리며 반격을 하기 위해 차분하게 주위를 살피던 유건의 눈에 이를 드러낸 채 얼굴을 일그러뜨리는 한 녀석의 얼굴이 들어왔다. 아마도 나름대로 웃고 있는 모습 같았다.

'저 녀석이 원인이었군.'

다른 녀석에 비해 지나치게 영악했던 한 녀석이 은연중에 이 모든 상황을 주도하고 있었다.

등에서 날개가 솟아나지 않은 이상 땅으로 떨어질 수밖에 없었고 결국 기세등등하게 기회를 노리고 있는 녀석들의 공격을 마주해야했다. 순식간에 생각을 정리한 유건이 다가올 충격에 대비한 채 이를 악다물었다.

그의 발이 땅에 채 닿기도 전에 각기 다른 세 방향에서 시간차를 두고 공격이 날아들었다.

'두개는 버티고 다른 한 놈을 노린다!'

가장 방어력이 우수한 등을 돌려 거의 동시에 날아드는 두 녀석의 공격을 버텨내고 그 여력을 이용해 다른 한 놈을 치기로 결심을 굳힌 유건의 눈앞에 순간 별이 번쩍였다.

"커흑!"

거의 동시에 등으로 날아든 일격이 그의 예상을 훨씬 웃돌았다. 검게 번들거리는 외골격이 형편없이 우그러들 만큼 강한 충격에 유건이 입에서 피를 토하며 앞으로 튕겨져 나갔다.

"제…… 제기랄."

반격이고 뭐고 간에 내부로 파고든 충격으로 인해 몸이 제 뜻대로 움직여지지 않았다.

그런 그의 망막에 거대한 몽둥이가 얼굴을 향하여 날아드는 광경이 선명하게 새겨졌다. 그리고 곧이어 닥친 엄청난 충격이 얼굴을 시작으로 온 몸을 향해 퍼져나갔다.

"끝났네요?"

"그러네."

"왠지 화장실 가서 제대로 마무리를 못하고 나온 것처럼 뭔가 찝찝한데요?"

따악!

"아욱! 아! 왜요 누님!"

"넌 꼭 비유를 해도 그렇게 더럽게 해야겠냐? 응?!"

"커흠흠…… 생각나는 게 그것밖에 없는 걸 어쩝니까?"

"그러게 평소에 바깥으로 싸돌아다니지 좀 말고 책 좀 읽어라. 이 무식한 녀석아."

"쳇."

그런 그를 뒤로 한 채 월향이 축 늘어진 유건을 들어 올려 입으로 가져가고 있는 트롤의 전면으로 뛰어 내렸다.

"거기까지."

"크륵?"

싸우는 와중에 자연스럽게 서열이 정해졌는지 유건을

독차지한 녀석의 행동에 다른 녀석들이 별다른 반응을 보이지 않았다. 세 녀석들 중 유독 영악하게 행동했던 바로 그 녀석이었다.

마음 놓고 식사를 하려던 녀석이 전면에 나타난 월향의 모습을 보고 고개를 갸웃거렸다.

마주보고 있음에도 그 존재감이 무척이나 희미해 마치 바람처럼 그 자리에 없는 것 같이 느껴지는 이상한 인간이었다.

고민도 잠시 밤을 맞이해 흉성이 배는 더해진 녀석의 본능이 그의 뇌리를 지배했다. 인간 여자! 숲에서는 좀처럼 맛보기 힘든 별미였다. 그 야들야들한 살을 씹어 삼킬 때의 쾌감이란! 축 늘어진 유건을 아무렇게나 내팽개친 녀석이 침을 질질 흘려가며 월향을 향해 달려들었다.

"어딜?! 감히!"

순식간에 녀석의 전면에 모습을 드러낸 태환이 녀석을 향해 가벼워 보이지만 그 안에 태산의 무거움이 담긴 붕권(崩拳)을 내질렀다.

터엉!

가죽 북 터지는 소리와 함께 달려들던 거대한 트롤의 몸이 십여 미터를 날아가 바닥에 처박혔다. 그리고는 바닥에 누워 간헐적으로 몸을 떨어 댈 뿐 이전과 같은 회복력을 보여주지 못했다.

그가 보여 준 한 수에 은연중에 리더의 위치를 차지한 녀석이 처참하게 무너지자 나머지 두 녀석이 슬금슬금 꽁무니를 빼기 시작했다.

"새끼들, 진즉에 그럴 것이지"

가볍게 손을 털며 월향을 향해 보란 듯이 어깨를 으쓱거리는 태환을 그냥 지나친 그녀가 손을 뻗어 죽은 듯이 쓰러져 있는 유건의 상태를 살폈다.

머쓱해진 태환이 그녀의 뒤로 다가가 물었다.

"어때요?"

"응, 잠시 정신을 잃었을 뿐이야. 보기보다 튼튼한 몸을 가졌네."

"저건 갑옷의 일종인가요?"

달빛을 받아 은은한 광택을 발하는 유건의 검은 외골격을 보며 태환이 말했다.

"자세한건 차차 살펴봐야겠지만, 일종의 자기 방어 형태인거 같은데?"

"어찌 보면 이곳 기사들이 입는 중갑과 비슷한 것 같기도 하네요?"

"일단 오늘은 이만 하고 돌아가자."

"넵."

제법 묵직해진 유건을 들쳐 업은 태환이 앞서 몸을 날린 월향의 뒤를 따라 나무 위로 날아올랐다.

다음날 아침.

뭐가 그리도 즐거운지 쉬지 않고 재잘대는 산새 소리가 바람을 타고 오두막 안으로 새어 들어왔다. 열린 창문을 통해 비치는 황금빛 커튼에 공중을 부유하는 먼지들이 화들짝 놀라 이리 저리 모습을 감췄다.

지난번과 같은 침상에서 눈을 뜬 유건이 바람을 타고 흔들거리는 짐승 가죽을 바라보고 한참을 누워 있다가 밖으로 나서기 위해 몸을 일으키다 말고 깜짝 놀라 이불로 몸을 가렸다.

그제야 자신이 벌거벗고 있다는 사실을 깨달았기 때문이었다. 주변을 둘러보다 탁자 위에 낯선 의복이 놓여 있는 것을 발견했다.

거친 느낌이 드는 검은 옷을 입고 밖으로 나서자 식사를 하고 있는 태환의 뒷모습이 보였다.

"여~ 이제 정신을 차렸나보네?"

유건의 기척을 느낀 태환이 고개를 돌려 언제나처럼 반갑게 그를 맞아주었다.

그를 향해 가볍게 고개를 숙인 유건이 주변을 두리번거렸다.

"누님 찾나?"

"아? 네."

"후훗, 누님은 잠깐 일보러 나가셨어. 오후쯤 되면 돌아올 거다. 그것보다 너 이리 좀 앉아봐라."

그의 앞에 놓여있던 통나무 의자에 엉덩이를 걸친 유건이 의아한 눈으로 그를 쳐다보자 손에 들고 있던 고기를 한입 베어 문 태환이 입을 오물거리며 그에게 말했다.

"너도 무(武)를 선택한 것 같더라?"

"그런가요?"

"왜? 처음 듣는 말이야?"

"아닙니다. 철환 요원님과 하루나 요원님께 그런 얘기는 많이 들었습니다."

"철환? 김철환? 커다란 대검을 사용하고 평소와 달리 싸울 때만 되면 입이 거칠어지는 그 녀석?"

"네, 어떻게 그분을?"

"푸하~ 모를 리가 있냐? 내 동생인데."

그의 말에 놀란 눈을 뜬 유건이 천천히 태환의 모습을 살펴보다가 고개를 끄덕였다.

어디라고 꼭 집어 말할 수는 없었지만 왠지 모르게 두 사람이 닮았다는 생각이 들었다.

"그래, 그 녀석은 사고 안치고 잘 지내고 있냐? 나 때문에 하루 아침에 가문의 후계자가 돼버려서 엄청 불평하고 있을 텐데. 크큭."

"예전에 어땠는지는 잘 모르겠지만 지금은 가드 대한민국 지부의 에이스로서 주어진 역할을 잘 감당하고 계십니다."

"호오~ 그래? 하긴 녀석도 더 이상 어린아이가 아닐 테니."

잠시 추억에 잠긴 듯 아련한 눈을 들어 하늘을 쳐다보던 태환이 쓴웃음을 지은 채 유건을 바라보았다.

"어제는 제법 잘 싸우더라. 간만에 좋은 구경 했다. 누가 몬스터인지 모를 만큼 무식하게도 치고 박더라. 크크크크."

그의 말에 얼굴이 붉어진 유건이 뭐라 반박하려고 입을 열다가 그대로 다물어버렸다. 아무리 생각해봐도 그의 말이 사실이라는 걸 부인할 수 없었기 때문이었다.

"아~ 기분 나빴다면 미안. 널 놀리려던 게 아니니까 오해 말라고. 그보다 여기 오기 전에 정식으로 무술을 배우거나 한 적이 있었나?"

"철환 요원님과 하루나 요원님께 조금 지도를 받은 적은 있습니다. 실제로 배운 날은 얼마 안 되지만……."

"흐음~ 그 외에는 전혀 없어?"

"네."

저절로 고개가 숙여지는 유건이었다. 그런 그의 모습에 웃음을 머금은 태환이 가볍게 어깨를 두드리며 말했다.

"아~! 그렇다고 괜히 위축될 필요는 없어. 이제부터 배우면 되는 거니까. 어제 너 싸우는 모습을 보니까 전투 감각이 제법이더라고. 그런 건 가르친다고 해서 터득할 수 있는 게 아니거든."

"그……런가요?"

"혹시 제대로 배운 적도 없는 기술들을 하루아침에 흉내 낼 수 있게 됐다거나 하진 않았어?"

"네, 여러 번 그런 적이 있습니다. 왠지 될 것 같아서 막상 시도해보면 되더라고요. 원리는 잘 모르겠지만 그냥 자연스럽게 된다고 해야 하나."

"후후훗, 내 그럴 줄 알았다. 나도 너와 같이 무(武)를 선택한 케이스거든. 그나마 나는 어느 정도 기본적인 교육을 받고 난 이후에 적응자가 돼서 그런 변화에 대처하기가 어렵지 않았는데 너 같은 경우는 앞뒤 순서가 엉망이 돼버려서 더 혼란스러웠을 거야."

"……."

"굳이 설명하자면 어린 아이 손에 날카롭게 벼려진 명검을 쥐어준 것과 같다고 해야 하나? 아무렇게나 휘둘러도 어지간한 건 다 잘려나갈 테니까. 하지만 제대로 된 검술을 배운 이가 휘두른다면 그 결과는 천양지차겠지."

알아듣기 쉽게 핵심만 간단하게 설명해주는 태환의 말에 유건의 고개가 절로 끄덕여졌다.

"그렇군요."

"당분간은 나와 같이 그 명검을 가장 효과적으로 휘두를 수 있게 도와주는 기본 바탕을 다지는 시간을 가지게 될 거야. 어때? 잘 따라올 수 있겠어?"

그의 말이 끝나기 무섭게 유건의 눈빛이 반짝였다.

지금 자신이 처한 상황은 오히려 가르쳐 달라고 바짓가랑이라도 붙잡고 매달려야 할 처지인데 이렇듯 흔쾌하게 가르쳐 주겠다고 나서니 그로서는 그저 감사할 따름이었다.

"네. 가르쳐 주시면 열심히 배우겠습니다."

"그래, 그 대신 각오해야 할 거야. 나는 나름 보기보다 엄하거든."

한쪽 눈을 찡긋 거리며 몸을 일으키는 그의 뒤를 따라 나설 때까지만 해도 유건은 자신의 선택을 만 하루도 지나지 않아 뼈저리게 후회하게 될 줄은 꿈에도 몰랐다.

· ⚜ ·

"허억, 허억……."

엄청난 크기의 바위를 등에 짊어진 채 땀을 비 오듯 흘리고 있는 유건을 향해 태환이 말했다.

"뭐야? 벌써 지친 거야? 내가 누누이 말했듯이 네가 가

161

진 평범한 인간으로서의 고정관념을 벗어버려야 한다니까? 이미 너는 평범한 인간과 거리가 멀어. 힘들다고 생각하는 건 네 몸이 아니라 머리라고. 그것부터 벗어버려야 제대로 된 수련이 가능하니까 이 악물고 버텨. 아직 시작도 안했는데 벌써부터 헉헉 거려서야 되겠냐?"

본격적인 수련에 들어가기 전 태환이 그에게 강조한 것이 있었다. 그것은 어떠한 경우에라도 적응자로서의 능력을 사용하지 않는다는 것이었다. 오직 본인이 지닌 육체적인 능력만을 사용한다. 이것이 그가 내건 유일한 조건이었다.

아무 생각 없이 그가 내민 조건을 받아들인 유건은 지금 속으로 수백번도 넘게 후회하고 있었다.

바위를 등에 짊어진 유건의 다리가 사시나무 떨리듯 세차게 후들거렸다. 태환의 말마따나 자신이 평범한 인간이었다면 이렇게 무거운 바위를 든 채 힘겨워할 수조차 없었을 테니 문제는 몸이 아닌 머리라는 그의 말이 맞는듯 했다. 그렇지만 쉽사리 변하지 않는 걸 보면 자신의 뇌리에 박혀있는 고정관념이 제법 단단한 것 같긴 했다.

그 상태로 한 시간 정도가 더 경과하자 유건은 더 이상 버틸 수 없다는 생각에 바위를 던져버리려고 했다.

"왜? 포기하려고?"

그 순간 들려온 태환의 말에 유건이 멈칫거렸다. 그의

적응자 2

귓가에 마치 혼잣말을 하듯 주절거리는 태환의 목소리가
들려왔다.

"그래, 포기하면 편하지. 그리고 평생 패배자처럼 도망
만 다니며 살면 되니까. 그리고 이렇게 말하겠지. '나도 할
만큼 했다' 고 말이지. 웃기지 말라고 그래! 언제까지 그렇
게 나약해 빠진 정신 상태로 살아갈 건데? 더 이상 주변 상
황에 휘둘리고 싶지 않다며? 그래서 이리로 도망 온 거라
며? 다시 그 상황으로 돌아가고 싶나? 앙? 그럴 거면 차라
리 여기서 죽어. 그게 속편해."

촌철살인과도 같은 태환의 말 한마디 한마디가 유건의
폐부를 찔렀다. 뭐라 반박하고 싶었지만 분하게도 그의 말
이 모두 맞았다. 이대로 주저앉아 저번과 같은 무력한 상
황 속으로 다시 되돌아가고 싶지 않았다.

"으아아아!"

비명인지 울부짖음인지 모를 소리를 내지르며 유건이
후들거리는 다리에 힘을 더했다.

그런 그의 모습을 바라보고 있던 태환의 입가에 가는 미
소가 걸렸다.

시간이 흘러 하늘이 붉게 타오를 때 즈음 태환의 입에서
유건이 간절히 바라마지 않던 한마디가 흘러나왔다.

"그만. 이제 내려놓고 좀 쉬어."

쿠웅!

그의 말이 끝나기 무섭게 바위를 내려놓은 유건이 바닥에 대자로 누워 가쁜 숨을 몰아쉬었다. 그런 그의 입가에 보기 좋은 미소가 걸려있었다.

태환이 누워있던 유건의 곁에 앉으며 그를 향해 물주머니를 건넸다.

"거 봐라. 할 수 있잖아. 나름 잘 버텼다."

땀으로 뒤범벅이 된 유건의 뺨을 두드리며 엄지를 치켜세우는 태환을 향해 유건이 환하게 웃으며 물주머니를 입에 가져다 댔다.

"후아~! 이…… 이건 뭐죠?"

입으로 들어가 목구멍을 타 넘어가는 그 순간부터 뱃속에 들어가 온 몸으로 뻗어나가는 순간까지 전신을 짜릿하게 울리는 청량함이라니. 눈이 휘둥그레진 유건이 그럴 줄 알았다는 듯이 웃고 있는 태환을 향해 물었다.

"정령수다. 어지간한 피로는 그 자리에서 씻어주는 효능이 있지. 어르신 덕택에 맛볼 수 있는 거니까 나중에 감사하다고 인사나 드려."

"정령수……."

자신의 손에 들린 물주머니를 물끄러미 내려다보던 유건이 활짝 웃으며 정령수를 연신 들이켰다.

때마침 불어온 산들바람이 땀에 젖어 이마에 잔뜩 달라붙어 있던 유건의 머리카락을 살포시 어루만지고 지나갔다.

새삼 이곳에 오길 잘했다는 생각이 들었다. 그곳에서는 자신이 마치 돌연변이 인 것 같은 느낌에 매 순간 고립되어 있다는 생각이 많이 들었는데 이곳에 와서 부터는 그런 생각이 전혀 들지 않았다. 아마도 자신과 같은 이들이 곁에 있기 때문인 것 같았다.

"자! 충분히 쉬었으면 이제 다음 단계로 넘어가야지?"

태환의 말에 유건이 놀란 얼굴로 반문했다.

"에? 다 끝난 게 아니었나요?"

그런 그를 향해 태환이 짓궂은 얼굴로 말했다.

"설마?"

유건은 갑자기 엄습해오는 오한에 가볍게 몸을 떨었다. 잠시 후 숲을 뒤흔드는 처절한 비명 소리가 쉬지 않고 울려 퍼졌다.

"으아아악!"

조금 전에 비해 배는 더 커다란 바위가 유건의 등위에 얹혀 있었다. 바위 꼭대기에 걸터앉은 태환이 천연덕스러운 목소리로 말했다.

"이 상태로 집까지 걸어간다. 실시."

"으아아악! 미…… 미친! 그…… 그게 말이 되는 소립니까?!"

"아니면 그냥 돌아가든지. 다리 사이에 꼬리를 만 비루한 개.새.끼처럼 말이지."

빠득!

특정 단어에 유달리 힘을 주어 말하는 태환의 말에 유건이 어금니를 꽉 다물고 다리에 힘을 주었다.

"으악! 으악! 으아아아아!"

그 순간 도저히 불가능할 것 같이 보이던 일이 실제로 일어났다. 유건이 비록 위태로워 보이긴 했지만 앞을 향해 서서히 걸음을 내딛기 시작했다.

천천히 이동하는 바위의 꼭대기에 걸터앉은 태환이 기분 좋게 웃으며 그 위에 대자로 누워 하늘을 아름답게 수놓고 있는 별들을 바라보았다.

쿵! 쿵!

지축을 흔드는 소리에 식사 준비를 하다말고 멈춰선 센트룸이 고개를 갸웃거리며 곁에서 돕고 있던 츠요시를 향해 물었다.

"이게 무슨 소리지?"

그의 말에 소리 나는 방향을 한참 쳐다보던 그가 말했다.

"이번에 새로 온 애송이군. 등에 집채만 한 바위를 얹은 채 이곳으로 오고 있다."

"쯧쯧쯧, 아무튼 몸을 쓰는 녀석들이 하는 수련 방법은 무식하기 짝이 없다니까. 품위가 없어요. 품위가. 아? 너 빼고. 너는 거의 예술의 경지에 다다랐지 후후후후."

혀를 차며 고개를 흔들던 그가 갑자기 말이 없어진 츠요시를 향해 엄지를 치켜세우며 극찬을 아끼지 않았다. 그제야 가만히 서있던 그가 들고 있던 손에 들고 있던 야채를 계속해서 다듬기 시작했다.

속으로 나직이 안도의 숨을 내쉰 센트룸이 가볍게 손가락을 튕기자 작은 모닥불에 불이 피어났다.

"태환이가 오나 보구나."

"저! 저! 무식한 녀석 같으니라고. 꼭 저렇게 해야 되는 거에요? 오라버니?"

땀을 비 오듯 흘려가며 힘겹게 한발 한발 내딛고 있는 유건의 모습을 바라보며 고개를 절래절래 흔든 월향이 곁에 서있는 남궁태민을 향해 물었다.

"보기에는 무식해 보이지만 내 생각에도 태환이 녀석의 방법이 나름 효과적인 것 같더구나. 봐라. 유건이도 저렇게 말없이 따르고 있지 않더냐? 너도 알다시피 고정관념이란 것이 제법 완강해서 그리 쉽게 깨지는 건 아니니까. 평범한 방법으로는 너무 오래 걸리지 않겠냐? 그러니 저런 무리한 방법을 사용하는 거겠지."

"그래도 저건 쫌……."

"하하하하, 우리 향이가 유건이 녀석이 제법 마음에 든 모양이로구나?"

"뭐~ 꼭 그렇다기보다……."

"하하하하."

말을 돌리는 월향의 모습에 남궁태민이 너털웃음을 터 트리며 그녀의 작은 어깨를 토닥거렸다.

쿠우웅!

엄청난 소리를 내며 바닥에 처박힌 바윗덩어리 위에서 태환이 새처럼 가벼운 몸놀림으로 바닥에 내려섰다.

"크헉…… 허억, 허억……."

그대로 바닥에 누워 거친 숨을 몰아쉬고 있는 유건을 일별한 그가 일행들을 향해 손을 흔들며 아는 체를 했 다.

"여~ 웬일로 이렇게 다들 모여 있었데요?"

"그러게 말이다. 갔던 일이 생각보다 빨리 마무리 됐다. 그건 그렇고 성과는 있었던 게냐?"

바닥에 뻗어있는 유건을 슬쩍 쳐다본 남궁태민의 물음 에 태환이 어깨를 으쓱거리며 답했다.

"보시다시피. 조금은……."

"허허허허, 살살 해라. 너무 무리하다가 큰일 날라."

"그래, 이 무식한 녀석아. 애를 잡아라 잡아. 아주."

연이은 월향의 구박에 태환이 어색하게 웃으며 식탁에 걸터앉았다.

그런 태환의 뒤통수를 향해 따끔한 월향의 목소리가 날 아들었다.

"너만 입이냐? 쟤도 뭘 먹여야 할 것 아냐?"

그녀의 말에 뒤를 돌아본 태환이 대답했다.

"지금은 아무 생각도 없을 걸요? 억지로 먹으면 아마 모르긴 몰라도 다 토해낼 겁니다. 일단 놔두세요. 제가 조금 뒤에 가볼 테니까요."

뭐라고 더 쏘아붙이려는 월향을 곁에 있던 남궁태민이 말렸다.

"그만해라. 태환이가 겉으로는 저래 보여도 우리들 중에 가장 속이 깊은 아이 아니냐. 다 생각이 있어서 그러는 걸 테니 일단 밥이나 먹자."

그런 그의 말이 못마땅하다는 듯 뿌루퉁하게 입을 내민 월향이 수저를 내려 놓고 바닥에 누워있는 유건을 향해 다가갔다. 그런 그녀의 모습에 남궁태민이 나직이 웃음을 터트렸다.

"허허허허, 녀석도 참."

· ᵥᵥ ·

흙바닥에 아무렇게나 누운 유건을 향해 가까이 다가간 월향이 그의 머리맡에 쪼그려 앉아 물었다.

"좀 어때? 괜찮아?"

"허헉…… 네, 견딜 만합니다."

그녀의 우려와 달리 유건의 얼굴엔 환한 미소가 걸려있었다.

"어째 기분 좋아 보인다?"

월향의 물음에 유건이 웃음을 터트리며 대꾸했다.

"하하하하, 쿨럭 쿨럭…… 하아~ 그래도 도망치지는 않았으니까요."

그런 그를 물끄러미 내려다보던 월향이 허리춤에 차고 있던 물주머니를 끌러 그에게 건넸다.

"자, 이거라도 좀 마셔. 힘이 좀 날거야."

"아? 이건 정령수?"

"응? 그걸 어떻게? 설마 저 쪼잔한 녀석이 평소 그렇게 아껴마시던 정령수를 내주든?"

"네, 조금 전에 주셔서 마셔봤습니다. 효과가 정말 좋던데요? 하하하하, 감사합니다. 그럼 염치불구하고."

조금 전에 맛봤던 정령수의 놀라운 맛과 그 효과를 기억한 유건이 물주머니를 입에 가져다 대고 게걸스럽게 들이마셨다.

"후아~!"

눈이 번쩍 뜨일 만큼 효과가 좋은 정령수의 공능에 유건의 입에서 기분 좋은 한숨이 터져 나왔다.

"그럼 좀 씻고 밥 먹으러 와라. 꼴이 무슨~ 상거지가 따로 없다 야."

"네, 감사 합니다. 누님."

"뭐~ 감사랄 거까지야."

유건의 감사 인사를 들은 그녀가 머쓱한 지 콧잔등을 긁
적이며 식탁으로 돌아갔다.

그런 그녀의 뒷모습을 따뜻한 눈빛으로 바라보던 유건
이 남은 정령수를 입에 털어 넣은 뒤 바닥에 드러누웠다.

어두운 밤하늘에는 손을 뻗으면 잡힐 것 같은 별무리
들이 한가득 모여 각기 자신의 아름다움을 뽐내고 있었
다.

"후~ 좋구나."

그렇게 한참동안 별을 감상하던 유건이 쏟아지는 잠을
이기지 못하고 무거운 눈꺼풀을 감았다.

'잠시만, 이렇게.'

잠시 후 도롱거리는 유건의 코고는 소리가 적막한 숲속
을 울려 퍼졌다.

그런 그의 코고는 소리를 들은 태환이 헛웃음을 터트리
며 잘 익은 고기 한 점을 입으로 가져갔다.

"푸핫! 저 녀석 아주 물건인데요?"

"씨끄럿! 네가 하루 종일 얼마나 굴렸으면 애가 저렇게
골아 떨어지냐?"

월향이 조금 전에 비해 다소 누그러진 목소리로 태환을
타박했다.

"굴리다뇨? 분명히 말하지만 그건 엄연히 수련의 일환이었습니다."

어울리지 않게 근엄한 얼굴로 대답하는 태환을 향해 월향이 눈을 가늘게 뜨고 쳐다봤다.

"아이고~ 어련하시겠습니까?"

이어지는 월향의 말에 식탁에 둘러앉은 사람들의 입가에 미소가 걸렸다.

이러니저러니 해도 늘 곁에 붙어 앉아 투덕거리는 두 사람 덕분에 항상 미소를 짓게 되는 그들이었다.

식사를 마치고 마진혁이 직접 기르는 찻잎을 따다가 우려낸 물을 시원스럽게 들이켠 태환이 자리에서 일어나 유건을 향해 다가갔다.

코까지 골아가며 세상모르고 잠들어 있는 그를 내려다보던 태환이 실소를 머금은 채 그의 옆자리에 무릎 꿇고 앉아 그의 다리를 천천히 주무르기 시작했다.

손끝에서 느껴지는 감각을 통해 근육의 탄력을 가늠하던 그가 조금은 놀란 듯 나직이 탄성을 흘렸다.

'몸은 생각보다 제법 괜찮네?'

내기를 받아들여 손끝에 모은 태환의 손이 지나갈 때마다 돌처럼 단단하게 뭉쳐있던 유건의 근육이 부드럽게 풀어졌다. 안마를 하는 태환의 이마에 송골송골 구슬땀이 맺혔다가 방울져 땅으로 떨어졌다.

여전히 꿈나라를 헤매고 있는 유건의 표정이 기분 좋은 듯 점차 나른하게 풀어졌다.

"휴우~"

발끝까지 주무르고 난 뒤 몸을 일으킨 태환이 뻐근해진 허리를 펴며 참았던 숨을 내쉬었다.

"일단 오늘 밤은 푹 자두라고. 내일 부터는 지옥이 펼쳐 질 테니."

의미심장한 태환의 말을 듣기라도 한 듯 잠들어있던 유건의 미간이 찌푸려졌다. 실소를 머금은 채 그런 그를 어깨에 들쳐 멘 태환이 행여나 유건이 깨기라도 할세라 숙소를 향해 조심스럽게 걸음을 옮겼다.

멀리서 그의 행동을 지켜보고 있던 월향이 피식 웃으며 말했다.

"그래도 꼴에 스승이라고 나름 자상하게 구네."

"허허허허, 그냥 솔직하게 태환이 녀석이 있을 때 그렇게 칭찬해주면 좋지 않느냐?"

"쳇, 그랬다가는 저 녀석 콧대가 하늘을 뚫고 한참을 더 올라갈 걸요?"

"그런가?"

"당연하죠. 우리가 쟤를 뭐 하루 이틀 보나요?"

"우리 향이가 그렇다면 그런 거겠지. 그건 그렇고 그 아이에게 어디까지 전해주려고 하느냐?"

의미심장한 남궁태민의 물음에 월향이 나른한 목소리로 대답했다.

"일단 줄 수 있는데 까지는 모두 전해주려고요."

"호오~ 그게 정말이냐?"

그녀의 말에 정말 놀란 듯 좀처럼 감정의 동요가 없는 남궁태민의 목소리가 조금 높아졌다.

비인부전(非人不傳)이라.

비단 어떤 나라를 막론하고 가문의 비전(秘傳)을 전수할 때는 필히 배우는 이의 사람됨을 먼저 살피는 것이 기본적인 도리였다. 하지만 사람 됨됨이가 제 아무리 훌륭하다고 해도 쉽사리 배울 수 없는 부류의 무맥(武脈)이 있었으니 이는 대부분 혈연으로 이어진 이들에게만 그 무리(武理)를 가르치는 무가(武家)들이었다.

무림의 맥을 잇는 여러 가문들 중에서도 그 폐쇄성이 남다른 가문이 바로 월향이 속한 당문(唐門)이었다. 흔히들 사천당문(四川唐門)이라고 알고 있는 그곳 출신인 월향의 진정한 이름은 당월향. 근 일백년 이내에 비교할 만한 적수를 찾아 볼 수 없다고 칭송이 자자하던 희대의 천재였다.

거의 몰락해 가는 가문의 재 부흥을 위해 적응자 프로젝트에 자원하게 된 그녀가 종국에 다다르게 된 곳은 자신의 가문이 아닌 바로 이곳이었다.

수차례 폭주하며 문제를 일으킨 그녀에게 그녀의 가문은 결국 등을 돌려버렸다. 제 아무리 가문의 기대를 한 몸에 받던 그녀라고 할지라도 가문을 하루아침에 날려버릴 수 있는 위험을 무릅쓸 만큼 소중한 존재는 아니었기 때문이었다.

어차피 직계도 아닌 방계 출신. 당대 수장이었던 당천민이 그녀의 처리를 놓고 고민하고 있던 중 평소 그녀를 탐탁지 않게 여기던 직계의 어른들이 적극적으로 나서서 그녀의 파문을 주장했다.

그 사실을 전해 듣고 난 뒤 자신의 발로 이곳을 향해 걸어 들어오던 그날 월향은 삶의 긍지였던 자신의 성을 버렸다.

그렇다고 해서 자신이 살아온 삶의 전부였던 당가의 모든 것을 부인할 수는 없는 노릇. 그녀가 얼마나 당가를 소중히 여기고 있는 지를 잘 알고 있는 남궁태민으로서는 아무렇지도 않게 내뱉은 그녀의 말에 놀라지 않을 수 없었다.

"정말 그러기로 결심한 게냐?"

조심스럽게 묻는 남궁태민을 향해 고개를 돌린 월향이 어색하게 미소 지으며 말했다.

"이젠 돌아갈 곳도 없는 걸요. 그저 저 아이가 그 모진 환경을 잘 헤쳐 나갔으면 좋겠어요. 나처럼 포기하지 않고……."

분명 입은 웃고 있었지만 그녀의 눈은 무척이나 슬퍼보였다.

커다란 손을 들어 그런 그녀의 머리를 천천히 쓰다듬던 남궁태민이 깊은 한숨을 내쉬며 말했다.

"그래, 그럼 된 게다. 그렇게 천천히 흘려보내다 보면 언젠가는 모든 것을 잊게 되는 날이 오겠지."

"흑……."

결국 울음을 참지 못한 월향이 커다란 남궁태민의 품에 얼굴을 묻고 그렇게 한참을 울어댔다.

밖에서 그런 일이 있는 줄 전혀 모른 채 편안한 얼굴로 잠들어있는 유건은 적응자가 된 이후 처음으로 다음날 아침 해가 돋을 때까지 푹 잘 수 있었다.

·   ▲   ·

그날로부터 일주일 정도 지났을 무렵 유건은 저절로 비명을 지르게 만들었던 그 바위를 짊어진 채 웃으며 담소를 나눌 만큼 그 무게에 익숙해졌다.

이제는 자연스럽게 그 무게를 감당하는 유건의 모습에 가볍게 고개를 끄덕인 태환이 가볍게 그의 어깨를 두드렸다.

"이건 이제 그만해도 되겠다. 그간 수고 많았어."

쿠웅!

"후우~ 다음 단계는 뭐죠?"

"별로 어렵진 않아. 온 힘을 다해 발버둥 치면 되니까."

"네? 그게 무슨?"

"쉽게 말해…… 이런 거지."

퍼억!

"커흑!"

예고도 없이 날린 태환의 주먹에 복부를 얻어맞은 유건
이 그 상태로 한참을 날아가 바닥을 굴렀다.

"쿨럭 쿨럭! 대……체 뭐하시는 겁니까?!"

고통스러운 듯 인상을 찌푸린 채 연신 기침을 하던 유건
이 그를 향해 소리를 질렀다.

"어차피 어지간한 건 지켜보기만 해도 몸이 알아서 습
득할 테니까 질릴 때까지 실컷 겨뤄보자고. 아? 물론! 지금
까지와 같이 능력은 전혀 사용하지 않은 상태로."

"그……런!"

유건의 대답을 듣기도 전에 마치 몸이 늘어나는 것 같은
착각이 들 정도로 빠르게 달려든 태환이 그대로 발을 걷어
찼다.

"큭!"

조금 전 그가 했던 말처럼 순수한 육체적 능력만 가지고
겨루는 것이 분명할 텐데 몸으로 느껴지는 상대의 강함은

저번에 경험했던 트롤의 그것을 가뿐하게 뛰어넘었다.

그 공격을 시작으로 유건은 해가 질 때까지 말 그대로 복날의 개처럼 처참하게 두들겨 맞았다.

어쩜 그렇게 아픈 데만 골라서 패는지 한참동안 최선을 다해 발악을 하던 유건이 두 손을 내저으며 항복을 외칠 정도였다.

그러거나 말거나 즐거움이 가득한 얼굴로 모질게 두들겨 패던 태환이 쉴 새 없이 손을 놀리며 입을 열었다.

"일단 시작은 잘 맞는 법부터."

'그……런 법이 어디 있어!'

속으로 비명을 질러가며 꿈틀거리는 유건의 모습은 일견 보기에도 무척이나 애처로워 보였다.

얻어맞아 퉁퉁 부어오른 얼굴이 순식간에 본래의 형태를 회복하고 나면 어김없이 같은 자리에 주먹이 날아들었다.

·　⋎　·

그날부터 오두막 뒤쪽에 있는 연무장에서는 하루 종일 유건의 구슬픈 비명 소리가 흘러나왔다.

그러다가 해가 지면 하루 일과(?)를 마친 태환이 정신을 잃고 축 늘어진 유건을 들쳐 업어 숙소에 가져다 뉘었다.

아무리 두들겨 맞아도 금세 멀쩡해졌기 때문에 대부분의 사람들은 수련이 조금 고된가보다 하고 생각할 뿐 그가 그토록 괴로움에 몸부림 치고 있는 지는 전혀 모르고 있었다.

그렇게 의도하지 않은 방치 속에서 두들겨 맞던 유건의 눈에 아무렇게나 날리는 것 같던 태환의 공격이 조금씩 보이기 시작했다.

그리고 그가 의식하지 못하는 사이 그 동작들이 하나 둘씩 뇌리에 각인되었다.

그가 처음으로 기절하지 않고 제 발로 걸어서 숙소로 돌아가게 되던 날 그의 옆을 스쳐지나가던 태환이 한마디를 가볍게 던졌다.

"심의육합권(心意六合拳)이다."

"네?"

"지금 네 몸에 때려 박고 있는 거 말이야. 설마 내가 아무런 이유 없이 두들겨 패고 있다고 생각한 건 아니겠지?"

"……."

순간 유건은 아무런 대답도 할 수 없었다. 면전에 대놓고 그렇다고 할 수는 없지 않은가?

'그 최강의 무술이라고 손에 꼽기를 주저하지 않는다는 심의육합권?!'

"본가에 처음에 전해진 형태에서 조금 변화가 있기는 하지만 그 본질만은 충실하게 이어나가고 있지…… 어이? 듣고 있나?"

말을 이어나가다 말고 그 자리에 멈춰 서서 멍하니 생각에 잠긴 유건의 모습에 실소를 머금은 태환이 고개를 내저으며 몸을 돌려 걸어갔다.

그날 이후부터 일방적으로 진행되던 대련의 흐름이 조금씩 변하기 시작했다.

빠각!

사일 정도 지났을 무렵 매섭게 날아들던 태환의 주먹을 유건이 처음으로 막아냈다. 뼈끼리 부딪히는 소리가 사납게 울려 퍼졌다.

"호오~ 제법이네?"

"큭! 언제까지 두들겨 맞고만 있을 수는 없죠!"

"그래? 그럼 슬슬 속도를 좀 높여 볼까?"

"에?"

퍼억!

순간 얼굴에서 느껴지는 극통에 코를 부여잡고 뒤로 물러나던 유건이 속으로 투덜거렸다.

'뭐야~! 그럼 지금까지는 봐준 거였단 말이야?!'

무공에 대한 잡다한 이야기는 제외하더라도 속도는 곧

파괴력과 연관된다는 것 정도는 문외한인 유건조차 잘 알고 있는 사실 있었다.

이를 증명이라도 하듯이 놀라운 회복력을 갖추고 있는 유건이 감당해내기 힘들만큼 묵직한 충격이 온 몸 구석구석을 강타했다. 조금씩 적응해 나가고 있었건만 상황은 다시금 개처럼 두드려 맞던 원점으로 되돌아갔다.

겉보기에는 속수무책으로 당하는 것처럼 보였지만 그 순간순간 유건의 몸이 움찔거리며 태환의 공격에 반응하고 있었다.

그 작은 몸짓에 담긴 의미를 단숨에 파악해낸 태환의 눈이 이채의 빛을 띠었다.

'적응하는 속도가 놀랍구나.'

이대로 간다면 기본적인 무리를 그의 몸에 새기는데 예상 했던 시간의 절반 정도면 충분할 것 같았다.

막무가내로 두들겨 패는 것 같았던 그의 손짓에 담긴 것은 그가 유건의 몸에 새겨주고 있는 심의육합권의 오의였다.

시간이 충분하게 주어져있다면 기본부터 차근차근 가르쳤겠지만 상황이 여의치 않았기에 동원하게 된 일종의 편법이었다.

유건의 몸을 가격할 때마다 태환의 손과 발을 통해 몸 안으로 그의 농축된 진기가 스며들어갔다. 그리고는 그 주변으로 순식간에 퍼져나가며 막혀있던 기혈을 뚫어내고 단숨에 확장시켜나갔다.

이는 적응자로서 거듭나게 되면서 괴물 같은 능력을 갖추게 된 태환에게도 무척이나 고된 작업이었다. 겉으로는 아무렇지도 않은 척 태연한 모습을 보이고 있었지만 속으로는 뭉텅이로 떨어져 나가는 진기의 공백을 메우기 위해 연신 진기를 휘돌려 외부의 기운을 끌어와야만 했다.

이렇듯 공격을 가하는 이나 당하는 이나 모두 괴롭기는 매한가지인 시간들이 유수와 같이 흘러갔다.

"차압!"

강력하게 내뻗은 유건의 붕권을 가볍게 막아낸 태환이 강하게 진각을 밟으며 어깨로 유건의 가슴을 들이받았다.

턱!

그의 어깨를 손바닥으로 막아낸 유건이 힘의 흐름에 몸을 맡긴 채 자연스럽게 몸을 띄워 뒤로 날아갔다.

마치 무게가 느껴지지 않는 것 같은 몸놀림으로 바닥에 내려선 유건을 향해 공간을 접듯이 단숨에 날아든 태환이 그의 어깨를 붙잡고 박치기를 날렸다.

공격을 흘려내지 못하도록 몸을 고정시킨 뒤 날린 일격이었다. 순간 팽이처럼 몸을 휘돌리며 주저앉은 유건이 그대로 발을 내뻗어 태환의 하단을 쓸 듯이 걷어찼다. 살짝 몸을 띄워 이를 피해낸 태환을 향해 등을 돌린 유건이 강하게 땅을 박차며 그대로 쇄도했다.

터억!

몸 전체를 날린 유건의 공격을 가볍게 막아낸 태환이 거의 달라붙다시피 한 상태에서 흔히 '1인치 펀치'라고 말하는 촌경을 날렸다.

파캉!

엄청난 속도로 날아든 태환의 정권에 의해 압축된 공기가 터져나가며 엄청난 굉음이 울려 퍼졌다.

"커흑!"

허리가 기억자로 꺾인 유건이 가는 핏줄기를 토해내며 한참을 날아가 바닥에 그대로 처박혔다.

부들부들.

몸을 일으키기 위해 갖은 애를 쓰는 유건의 온 몸이 가늘게 떨리고 있었다.

"허억, 헉헉……."

그간의 수련을 통해 정신과 몸 사이에 존재하던 괴리감을 극복해낸 유건의 몸은 평범한 인간의 그것을 아득히 벗어난 상태였다. 게다가 그간 몇 배는 강화된 치유의 능력까지 갖추고 있었기에 어지간한 충격으로는 그를 단숨에 무력화시키기가 어려웠다.

그런 유건이 태환이 날린 주먹 한방에 와르르 무너져 내렸다. 그가 흔들리는 눈을 들어 태환을 바라보았다.

"어때? 제법 짜릿하지? 이런 걸 가리켜 비전오의(秘傳奧義)라고 한다. 일종의 필살기지. 뭐~ 그만큼 많은 힘이 들어가고 빗나갔을 경우 큰 위험에 직면할 수도 있지만, 지금 경험했다시피 적중하는 경우 확실하게 상대를 무력화시킬 수 있지."

"쿨럭 쿨럭…… 그……렇군요. 헌데……."

여전히 회복이 느린 자신의 몸 상태에 의아해진 유건이 말을 늘이자 그런 그의 모습에 태환이 큰 소리로 웃으며 말했다.

"하하하하, 왜 회복되는 게 정상이 아닌지 궁금하냐? 그건 방금 일격을 통해 네 몸 안에 주입된 내 진기가 제 역할에 충실하고 있기 때문이다. 그 안에 회복을 방해하라는 내 일념을 담았지."

"그런 게 가능한건가요?"

"누군가를 죽이고 싶다는 생각이 극에 달하면 그 기운이 외부로 표출된다. 흔히 그걸 살기(殺氣)라고 하지. 일반인들은 가진 기운 자체가 미미하기 때문에 외부로 표출될 정도는 아니지만 어느 정도 경지에 다다른 사람들은 그 살기만으로도 사람을 해할 수 있지. 이처럼 사람은 누구나 지니고 있는 기운에 자신의 의념을 담아 낼 수 있다. 물론

184

말처럼 쉬운 건 아니라서 어느 정도 훈련이 필요한 부분이기는 하지."

그의 말을 듣고 있던 중 유건의 몸이 순식간에 폭발적으로 회복하기 시작했다.

"이…… 이건?"

"네 몸 안에 들어간 내 진기가 너의 기운과 싸우다가 모두 소멸된 게지. 생각보다 회복력이 제법이구나. 이렇게 금방 해소시킬 줄은 몰랐는데. 과연 트롤이다 이건가? 후후후."

가볍게 웃던 그가 손바닥을 마주치며 개운한 얼굴로 말을 이었다.

"자! 오늘은 여기까지. 심의육합권도 어느 정도 몸에 익은 것 같으니 앞으로는 자주 올 필요가 없겠어. 일주일에 하루 정도 만나서 오의라는 이름을 가진 필.살.기를 배우는 걸로 하자. 크큭"

"아?!"

갑작스런 태환의 통보에 놀란 유건이 멍한 얼굴로 태환을 바라보자 짓궂은 얼굴을 한 그가 유건의 어깨를 두드리며 그의 곁을 스쳐 지나갔다.

"아무리 내가 좋다고 해도 그런 얼굴로 쳐다보면 안 되지~! 나는 남자는 관심 없다고."

그의 말에 인상을 구긴 유건이 저만치 걸어가는 그의 뒷모습을 지그시 바라보다 고마움을 가득 담아 깊숙이 고개를 숙였다. 장난기 어린 그의 말투 속에 담긴 진득한 정을 느낄 수 있었기 때문이었다.

아무리 눈치 없는 그라고 해도 지난 시간동안 그가 자신에게 베푼 것들이 결코 쉽지 않은 것임을 충분히 느낄 수 있었다. 게다가 밤마다 기절하듯 잠들어있는 그의 온 몸을 주물러 최상의 상태를 유지할 수 있도록 도왔다는 사실도 월향으로부터 들어 진즉부터 알고 있었다.

높은 곳을 향해 비상할 수 있는 기본 토대를 만든다. 이는 결코 말처럼 쉬운 일이 아니었다. 가장 지루하고도 많은 노력이 필요한 이 작업을 그가 자원했던 이유도 다른 이들에게 그 과정을 맡기느니 자신이 고생하는 게 더 낫다고 생각했기 때문이었다.

그의 모습이 사라질 때 까지 한참동안 고개를 숙이고 있던 유건이 그를 향한 고마운 마음을 깊이 간직한 채 천천히 고개를 들었다.

하늘 위로 이름 모를 새 한 마리가 유려한 궤적을 그리고 구름을 가르며 지나가고 있었다.

◦ ⩗ ◦

다음날 해가 뜨고도 한참이 더 지난 늦은 오후까지 깊은 잠을 자고 일어난 유건이 뻐근한 몸을 이리저리 돌려가며 밖으로 나섰다.

다들 어디로 갔는지 보이지 않았고 꺼진지 한참 지난 모닥불에서는 작은 연기만 피어오르고 있었다.

"다들 어디로 간 거지?"

"한 달에 한번 있는 모임이 있어서 거기 갔다."

목을 좌우로 꺾어가며 몸을 풀던 유건이 혼잣말을 하다 말고 화들짝 놀라 뒤로 한참을 물러섰다.

놀란 토끼눈이 된 유건이 언제나와 같이 검은 천으로 입을 가린 채 눈만 내놓고 있는 츠요시의 모습을 확인하고 난 뒤 어색하게 웃으며 대답했다.

"아…… 그렇군요."

'대체 언제 나타난 거야?'

그와 대화를 나누고 있는 지금 이 순간에도 그의 희미한 존재감으로 인해 자꾸 곁눈질을 하며 그가 있다는 것을 확인하게 되는 유건이었다.

"저기, 근데…… 그 한 달에 한번 있다는 모임이 뭔가요?"

"곧 붉은 달이 뜬다. 그러면 숲에 있는 대부분의 몬스터들이 적아를 구분하지 못하고 미쳐 날뛰게 되지. 이로 인한 대규모 피해를 막기 위해 각 종족의 대전사들과 만나 대책을 논의하는 모임이다."

"그렇군요."

"……."

왠지 모르게 그와 나누는 대화의 흐름이 뚝뚝 끊어져서 어색한 분위기가 둘 사이를 감돌았다.

"오늘 저녁부터는 나와 수련을 하게 될 거다."

유건이 뭐라고 말을 걸어야 할지 난감해 하고 있을 무렵 츠요시의 무미건조한 목소리가 들려왔다.

"오늘 저녁부터요?"

"그래. 왜? 싫은가?"

"아니, 아닙니다. 그런 건 아닙니다. 다만……."

우물쭈물 거리는 유건을 향해 츠요시가 말했다.

"궁금한 게 있으면 물어봐라."

"뭘 배우게 되는 건지 궁금해서요."

그의 물음에 한동안 말없이 그를 쳐다보던 츠요시가 유건이 어색함을 이기지 못하고 눈을 돌릴 때 즈음 입을 열었다.

"살아남는 법을 배운다."

"살아남는 법이요? 그게 대체 무슨 말씀이신지?"

"……."

말없이 고개를 돌린 츠요시의 옆모습을 바라보며 어색하게 웃은 유건이 뒷머리를 긁적이며 그가 한 말의 의미를 생각하기 시작했다.

'도망치는 법이라도 배우는 건가?'

그런 그의 예상은 반은 맞고 반은 틀렸다. 유건이 이를 알게 되기까지는 그리 오랜 시간이 걸리지 않았다.

　　　　　　•　　🜨　　•

밤하늘에 떠 있는 달빛을 통해 사물의 형체를 겨우 알아볼 수 있을 정도로 시야가 제한되는 숲속의 한 가운데 홀로 서있는 유건의 얼굴에서 흘러내린 굵은 땀방울이 턱 끝에 아슬아슬하게 매달려 있다가 바닥으로 천천히 떨어져 내렸다.

꿀꺽!

풀벌레 소리 하나 들리지 않는 적막함 속에서 그의 침 삼키는 소리가 유난히 크게 울려 퍼졌다.

서걱!

"큭!"

소름끼치는 절삭음과 함께 유건의 옆구리에서 피가 솟아났다. 잠시 후 피가 멈추고 새살이 돋아나며 상처가 회복되긴 했지만 살을 가르고 지나가는 칼날이 전해주는 섬뜩함에 뒷머리가 하늘을 향해 모조리 곤두서는 것만 같았다.

조금 전 둘만의 어색한 저녁 식사를 마친 뒤 말없이 일어서서 앞서가는 그의 뒤를 따라나선 유건이 도착한 곳은 깊은 숲 한가운데 자리한 공간이었다. 간혹 숲속에서 자연스럽게 만들어진 빈 공간들을 찾아 볼 수 있는데 이는 대부분 포식자들이 식사를 하는 장소들로 사용되곤 했다.

이곳도 그들 중 하나인 듯 여기저기 널린 뼛조각들과 썩어가는 동물들의 사체들에서 풍기는 악취가 가득했다.

"숲속에서 이곳만큼 죽음과 어울리는 곳은 없지."

주변을 두리번거리던 유건이 의미심장하게 느껴지는 그의 말에 대꾸하기 위해 고개를 돌렸다.

'응?'

방금 전까지만 해도 앞에 서있던 그의 모습이 보이지 않았다.

'어딜 간 거지?'

그가 의아해 하고 있던 사이 숲 사방에서 낮은 울림을 동반한 츠요시의 목소리가 들려왔다.

"지금부터 공격을 할 테니 최선을 다해 피해 보거라."

그 목소리에 담긴 스산함에 절로 몸이 움츠려들었다.

그때부터 유건에게 있어서 평생 잊을 수 없는 끝나지 않는 악몽과도 같은 밤이 시작되었다.

옆구리의 상처를 감싼 채 뒤쪽으로 몸을 날린 유건이 최대한 감각을 끌어올려 주변을 살피기 시작했다.

'젠장. 아무것도 느껴지지 않잖아.'

그가 속으로 투덜거리는 그 순간. 그의 그림자에서 솟아난 츠요시가 손에 들린 검은 단검으로 유건의 허벅지를 세 번이나 찌르고 난 뒤 어둠속으로 유유히 사라졌다.

"헉!"

상처에서 느껴지는 아릿한 고통보다 더 괴로운 것은 귀신처럼 아무런 기척조차 느낄 수 없는 츠요시의 존재였다. 제대로 사물을 식별할 수 없을 만큼 어둠이 짙게 드리운 숲속에서 잔뜩 긴장한 채로 오래 있다 보니 감각 기관에 혼동이 오기 시작했다. 여기가 어딘지. 내가 뭘 하고 있는 건지. 머릿속이 혼란스럽기 그지없었다. 허벅지에서 느껴지는 고통이 차라리 반가울 지경이었다.

끔찍한 고통에 정신이 번쩍 들었다. 그런 그의 귓가로 속삭이는 것 같은 츠요시의 목소리가 들려왔다.

"제 아무리 정체를 잘 감추고 있는 살수의 검이라고 할지라도 결국 그 종착지는 네 몸뚱이다. 이 사실을 잊지 않는다면 그 어떤 공격도 반드시 막아낼 수 있다. 기억해라. 머리가 아닌 몸이 먼저 반응해야 한다는 사실을."

그 순간 유건의 머릿속에 방어에 대해 설명하던 태환의 목소리가 떠올랐다.

'방어는 크게 두 가지로 나눌 수 있다. 막거나, 피하거나. 제 아무리 변칙적이고 현란한 공격이라고 해도 결국 종착지는 네 몸이다. 그렇다면 이를 어떻게 활용해야 하는가? 크큭. 말로 설명하기 힘드니까 내 친절하게 몸에 새겨주마.'

태환과 보낸 시간이 결코 헛되지 않았다는 것은 놀랍게 변화된 자신의 몸만 봐도 분명하게 알 수 있었다. 그리고 태환이 자신이 한 말은 반드시 지킨다는 것도 그간의 경험을 통해 잘 알게 되었다. 그가 새겨준다고 했으면 이미 몸에 각인되었을 터.

그럼에도 불구하고 이를 활용하지 못하고 있다는 것은 수련에 임하는 그의 마음가짐이 잘못되어 있다는 것을 뜻했다.

'변화된 내 몸을 믿는다.'

마음을 다잡은 유건이 양 손을 자연스럽게 늘어뜨린 뒤 눈을 감았다. 그런 그의 모습을 지켜보고 있던 츠요시의 눈매가 살짝 휘어졌다.

피이잉!

기이한 소성과 함께 날아든 수리검이 유건의 허리춤에 틀어박혔다. 줄을 걸거나 손가락을 걸 수 있도록 만들어진 동그란 손잡이만 남긴 채 깊숙이 틀어박혔지만 눈을 감고 있던 유건은 미동초자 하지 않았다.

연이어 날아든 세 개의 수리검.

'허리, 허벅지, 어깨. 치명적이지 않다!'

고요한 호수의 표면에 작은 파문이 일어나듯이 날아드는 세 개의 수리검이 공기를 가르며 만들어낸 파장을 감지해낸 유건이 이를 피하지 않은 채 처음과 같은 자세로 서 있었다.

고통스럽기는 했지만 그의 놀라운 육체는 이미 깊이 틀어박힌 수리검을 밀어내고 상처를 회복하고 있었다.

'음?'

점차 확장되기 시작한 그의 감각에 미약한 파문이 감지됐다.

'왼쪽? 아니, 정면이다.'

스팟!

지금껏 단 한 번도 실패하지 않았던 츠요시의 검이 처음으로 허공을 갈랐다.

왼발을 축으로 가볍게 몸을 비틀어 공격을 피해낸 유건이 강하게 진각을 밟으며 오른 주먹을 내뻗었다.

파아앙!

그 짧은 시간에 주먹이 날아드는 한계점과 자신이 피해야 할 거리를 충분히 계산한 츠요시가 아슬아슬하게 그의 주먹을 피해냈다. 자신의 코앞에까지 다다른 유건의 주먹을 무심한 눈빛으로 바라보던 츠요시의 눈이 순간 부릅떠졌다.

마치 늘어나기라도 한 것처럼 유건의 주먹이 날아들며 그의 얼굴을 강타했다.

비록 변이를 한 상태는 아니었지만 태환과의 수련을 통해 극한까지 단련된 유건의 몸이었다. 게다가 몸에 세포단위로 각인된 심의육합권의 투로를 따라 뻗어낸 일권이었다. 결코 평범할 리 없는 일격에 츠요시의 고개가 뒤로 꺾이듯 튕겨져 나갔다.

그러나 회심의 일격을 내지른 유건의 표정이 좋지 못했다. 손에 걸리는 감각이 마치 나풀거리는 천 조각을 때린 것 같았기 때문이었다.

그가 익힌 비전의 체술로 대부분의 충격을 털어낸 츠요시가 코에서 가늘게 흘러내리는 핏물을 닦아내며 처음으로 웃었다.

"제법이구나. 이 정도면 전력을 다해도 죽을 염려는 없겠어."

흠칫!

눈가에 주름을 만들며 부드럽게 휘어지는 그의 눈은 분명 웃고 있었지만 뿜어져 나오는 기세는 범상치 않았다. 그런 그의 모습을 바라보고 있는 유건은 생전 처음 느껴보는 차가운 살기에 놀라 가볍게 몸을 떨었다.

"이번엔 진짜로 죽여주마."

복면 속에 감춰져 있던 그의 입매가 비틀리며 날카로운 송곳니가 드러났다.

그날 밤 유건은 수백 번도 넘게 죽음을 경험했다.

　　　　　　　•　🔻　•

다음 날 아침.

밤새 악몽에 시달린 유건이 땀으로 흥건하게 젖어버린 이불을 걷어내며 몸을 일으켜 바닥에 두 발을 내딛었다. 몸이 물먹은 솜처럼 축 늘어져 한없이 무겁게만 느껴졌다. 두 눈은 언 듯 보기에도 퀭한 것이 그 밑으로 다크 서클이 짙게 드리워져 있었다. 며칠은 불면증에 시달린 사람 같아 보였다.

지난 밤 츠요시와 함께했던 시간들을 떠올리던 유건이 질린 얼굴로 세차게 도리질 쳤다.

자잘한 상처는 논외로 치더라도 곧 죽어도 이상하지 않을 만큼 중한 상처들이 그의 온 몸을 뒤덮었다. 목에 있는 경동맥이 끊어진 횟수만 해도 수십 번이 넘었다. 아무리 회복력이 탁월한 유건이라 할지라도 몸에 있는 피란 피는 죄다 쏟아내고 나니 이젠 정말 죽을 지도 모른 다는 생각 이 들었다. 그렇게 파랗게 질린 얼굴로 정말 죽을힘을 다 해 발버둥 쳤다.

그 중 정말로 아찔했던 순간을 떠올린 유건이 목 주변을 쓰다듬으며 제대로 붙어 있는지 확인하고 나서야 안도의 한숨을 내쉬었다.

"휴우~"

전혀 생각지도 못했던 살수라는 존재의 무서움을 뼈저리게 느끼게 된 유건이었다.

하도 많이 당하고 나니 나중에는 살기위해 발버둥 치는 가운데 무의식중에 치명적인 공격들을 막아낼 수 있게 되었다.

새삼 인간의 생존 욕구가 얼마나 강한지를 깨닫게 된 시간이었다. 분명 값진 경험이었지만 한 번 더 하라고 한다면? 거세게 머리를 흔들어 상념을 털어낸 유건이 바닥에 드러누울 각오를 하고 조심스럽게 밖으로 나섰다.

"어라? 푸하하하하, 너 몰골이 그게 뭐냐? 판다냐? 판다? 아이고 배야. 나 죽네~ 푸하하하하"

하룻밤 사이에 다 죽어가는 몰골을 하고 나타난 유건의 모습을 본 월향이 눈물까지 흘려가며 한참동안 웃어댔다. 그런 그녀의 모습에 머쓱해진 유건이 식탁에 걸터앉자 센트룸이 억지로 웃음을 참는 게 분명한 얼굴로 그에게 다가와 따뜻한 수프가 가득 담긴 그릇을 내밀었다.

그리고는 도저히 못 참겠는지 입술을 깨물며 그에게 한마디 했다.

"고…… 고생 많았네. 풋!"

거울이 없기에 자신의 모습이 정확히 어떤지를 알 수 없었던 유건이 어색하게 웃으며 김이 모락모락 나는 수프를 입에 가져갔다.

한참동안 말없이 수프를 떠먹던 유건이 항상 센트룸의 곁에 서서 식사 준비를 돕던 츠요시의 모습이 보이지 않는다는 사실을 깨닫고 센트룸을 쳐다보았다.

콧노래를 흥얼거리며 마법으로 식기를 씻고 있던 센트룸이 그의 시선을 느꼈는지 유건을 향해 고개를 돌렸다.

"응? 왜? 뭐 물어볼 거라도 있나?"

"츠요시씨는 어디 가셨나요?"

"어제 너랑 밤새 뭘 했는지는 몰라도 그간 차곡차곡 쌓아왔던 카르마인지 뭔지가 흐트러져서 그거 달랜다고 나갔어."

"어……디로?"

그가 없다는 사실에 묘한 안도감을 느낀 유건이 조심스럽게 물었다.

"나야 모르지. 그렇게 한 번 나가면 한 달 이상 모습을 보이지 않는 일이 빈번했으니까. 알아서 올 때 되면 돌아올 거야. 그러니 너무 걱정하지 말라고."

'걱정? 그 무지막지한 괴물을 걱정한다고?'

속마음을 감추기 위해 고개를 숙인 유건이 왠지 모르게 자꾸만 웃음이 나는 걸 행여나 들킬라 조용히 대답했다.

"네, 알겠습니다."

한참을 웃고 난 뒤 기분 좋게 한 그릇 비워낸 월향이 제법 볼록해진 배를 두드리며 차를 내오는 센트룸을 향해 말했다.

"센트룸, 오늘 바빠?"

"응? 아니 별일 없는데?"

"그럼 우리 귀여운 판다군에게 좋은 선물하나 해주는 게 어때?"

"선물?"

"왜 있잖아. 저번에 태민 오라버니 몸에 새겨줬던 각인 마법 같은 거."

"그럴까?"

"그래, 마법이라는 게 단기간에 배울 수 있는 것도 아니고 딱 봐도 유건이는 항마력은 제법일지 몰라도 마법에는 영 소질이 없어 보이잖아."

"크크큭 하긴 그건 굳이 살펴보지 않아도 알 수 있지."

이곳으로 넘어온 뒤 대마법사로 각성한 센트룸은 그 이후부터 은연중에 주변에 마나의 향기를 풍겨냈다. 이는 마법에 재능이 있는 이라면 금방 알아차릴 만큼 농도가 짙은 향기였다. 죽어가던 꽃과 나무들이 다시금 생명을 얻을 만

큼 진한 이 기운은 주변 사람들에게 알게 모르게 좋은 영
향을 주게 마련이었는데 이상하게 유독 유건에게 만큼은
아무런 영향을 미치지 못한 채 비껴갔기 때문이었다.

드문 경우긴 했지만 그런 경우 대부분 월등한 항마력을
지니고 있었다. 간혹 그런 이들 중에 뛰어난 기사들이 나
타나곤 했는데 기본적으로 지니고 있는 항마력 덕분에 어
지간한 마법사들에겐 천적이나 다름없었기 때문이었다.
바로 유건이 그런 부류에 해당했다.

"뭐~ 몬스터들 중에서 항마력이 제일 뛰어난 부류가 트
롤이니까 아주 이해 못할 일은 아니지."

걸치고 있던 앞치마를 벗은 센트룸이 가볍게 손뼉을 치
며 턱에 손을 가져다 댔다. 무언가 고심할 때 마다 나오는
그만의 버릇이었다.

"흐음~ 그래. 이게 좋겠네. 어디 보자 그럼 필요한 재료
가……."

한참 무언가를 골똘히 생각하던 그가 눈을 반짝이며 시
커먼 아공간을 소환해 필요한 물건들을 꺼내놓기 시작했
다.

．　　▼　　．

"미스릴 가루는 충분하고, 정령석도 있고……."

그가 중얼거리며 나열하는 목록들을 마법사들 중 누군가 듣는다면 입에 게거품을 물고 달려들 정도로 귀한 물품들이 끊임없이 흘러나왔다.

"그것들 전부 저번에 그 어린 도마뱀한테 사기 쳐서 레어를 통 채로 털어먹었을 때 얻은 거지?"

"응? 맞아."

심드렁한 표정으로 그가 하는 양을 지켜보고 있던 월향이 묻자 하던 일을 잠시 멈춘 센트룸이 가볍게 답한 뒤 다시금 아공간을 뒤적거렸다.

"어디보자…… 빼먹은 게 뭐가 있더라……."

그 뒤로도 한참동안 물건을 꺼내놓던 센트룸이 소환했던 아공간을 돌려보낸 뒤 환한 얼굴로 유건을 바라보았다.

그의 손에 이끌려 미스릴 가루로 처음 그려 낸 작은 원 안에 그를 앉힌 뒤 센트룸이 자못 진지한 얼굴로 경고했다.

"한 가지만 명심해. 절대로 내가 그려준 원 안에서 나오면 안 된다. 그러면…… 그 뒤는 알아서 생각하도록. 죽고 싶다면 말이지."

꿀꺽!

"넵!"

죽는다는 말을 들으니 갑자기 어제 경험한 일들이 주마등처럼 스쳐지나갔다. 자기도 모르게 침을 꿀떡 삼킨 유건이 절대 움직이지 않겠다는 의지를 보여주기라도 할 것처럼 크게 대답했다.

센트룸이 그런 그를 가운데 둔 채 주변을 돌며 마법진을 그리기 시작했다. 그의 손짓에 따라 공중에 둥실 떠올라 아름다운 문양을 그리며 바닥에 달라붙은 각종 마법 재료들이 시간이 지날수록 은은한 빛을 발하기 시작했다.

"유건이 쟤 태환이랑 비슷한 타입이지?"

확인 차 물어오는 센트룸의 말에 월향이 가볍게 고개를 끄덕였다.

"응, 거의 비슷하다고 보면 될 거야. 적응한 몬스터가 태환이는 오크 워리어라는것만 다를 뿐."

"흐음~ 현재 각인 시킬 수 있는 마법의 최대의 수는 세 가지야. 조금 위험하다는 게 단점이지. 보다 안정적으로 진행하려면 두 가지만 각인하면 되고. 어떻게 할래?"

유건은 갑자기 물어오는 센트룸의 말에 순간 할 말을 찾지 못한 채 머뭇거리다가 무심코 월향을 바라보았다.

"세 가지."

그를 대신해 월향이 대답했다.

"이왕 얻어가는 거 많이 가져가야지. 그 정도 위험도 감수 안하고 마법을 거저 얻으려는 못된 심보는 버려야 한다고."

무언가 앞뒤가 전혀 맞지 않는 논리였지만 유건이 뭐라고 반박할 새도 없이 센트룸이 나머지 과정을 진행해 버렸다. 황당한 표정을 짓고있는 유건을 향해 월향이 말했다.

"센트룸이 평소에는 조증 바보에 불과하지만 마법 실력 하나만큼은 믿어줄만 하니까 너무 그렇게 걱정하지 마. 누나 믿지?"

그녀의 말이 끝나기 무섭게 마법진이 가동되기 시작했다.

우웅~!

완성된 마법진에서 은은한 빛이 새어나오며 작게 진동했다.

거대한 마당을 가득 채울 만큼 복잡한 마법진이 세 가지로 중첩되어 그려져 있었다.

"조금 아플지도 몰라. 잘 참아보라고."

말을 마친 센트룸이 본격적으로 마법진을 가동하기 위해 마나를 불어넣었다. 거대한 마나의 유동이 유건에게도 느껴질 만큼 주변을 진감시켰다.

· ⩔ ·

우우우웅!

주변의 마나가 마치 회오리치듯 센트룸을 향해 몰려드는가 싶더니 그의 의지를 따라 마법진 안으로 그 방향을 돌렸다.

세 가지로 중첩된 마법진의 흐름을 따라 흘러가던 마나가 그 성질이 변화되었다. 그리고는 환한 빛 무리로 화한 에너지 덩어리가 중간에 자리를 잡고 앉아있는 유건을 향해 쇄도했다.

"응?"

빠른 속도로 날아든 눈부시게 빛나는 빛 덩어리가 그의 몸 안으로 남김없이 스며들어 순식간에 자취를 감췄다.

그렇게 세 번의 빛 무리가 유건의 몸속으로 자취를 감추고 난 뒤에야 격렬하게 진동하던 마법진이 서서히 진정되기 시작했다.

"후우~ 다행히 별다른 사고 없이 성공했네. 꼬맹이~ 제법 운이 좋구나?"

마법진의 진동이 멈출 때까지 긴장의 끈을 놓지 않고 이를 조율하던 센트룸이 굵은 땀방울을 닦아내며 유건을 향해 엄지손가락을 치켜세웠다.

별다른 변화를 느끼지 못한 유건이 의아한 얼굴로 그를 바라보고 있자 가까이 다가온 센트룸이 그의 어깨를 두드렸다.

"겉옷 좀 벗어봐."

그의 말에 유건이 천천히 상의를 벗자 이내 군더더기 하나 없이 꽉 짜인 근육들로 가득한 상체가 모습을 드러냈다.

"호오~ 우리 유건이 제법 멋지네!"

월향의 말에 얼굴이 붉어진 그가 고개를 숙였다. 그러던 그의 눈에 오른쪽 가슴팍에 자리한 작은 문양이 들어왔다.

"응?"

왠지 모르게 낯설지 않은 것이 센트룸이 바닥에 그렸었던 마법진을 작게 축소시켜놓은 형태였다.

"어때 제법 세련됐지? 크크큭. 분명히 말해두지만 마법진의 에너지원은 네 생명력이야. 그러니까 신중하게 사용하라고~ 일찍 늙어죽지 않으려면."

"헌데 대체 어떤 마법인지?"

되묻는 유건의 말에 자기 머리를 살짝 쥐어박은 그가 말을 이었다.

"첫 번째로 각인 된 마법은 점멸(blink)이야. 숙련된 정도에 따라 최대 30m정도 거리까지 단숨에 이동할 수 있는 마법사들이 가장 선호하는 매력적인 마법이지. 너처럼 근접 격투를 선호하는 타입에게는 무척이나 유용할거야. 상대와의 거리를 단숨에 줄일 수 있을 테니까. 마법을 다시

사용하는데 까지 걸리는 쿨 타임은 5분정도니까 잘 활용
해 보라고."

"와~!"

그의 설명을 들으며 자신이 싸우는 장면을 상상해본 유
건이 그 놀라운 위력에 감탄사를 토해냈다. 그러고 나니
나머지 두 마법의 정체가 더욱 궁금해졌다.

"두 번째는 일종의 패시브(Passive) 마법이야. 한 가지
분야를 선택하면 일부러 발동하지 않아도 상시 그 효과
가 지속되는 마법이지. 아직은 활성화 되지 않은 상태니
까 나중에 네가 가장 필요로 하는 걸로 선택하면 될 거
야."

"그게 무슨 말씀이신지?"

마법에 관해 문외한인 유건이 들어도 모르겠다는 얼굴
로 물어오자 옆에서 설명을 듣고 있던 월향이 대신 대답했
다.

"쉽게 말하면 네가 근력 강화를 선택하면 마법진이 활
성화 되고 그 후부터는 항상 근력이 강화된 상태가 유지된
다는 거지. 패시브 마법은 다른 마법들에 비해 딱히 다른
제한이 없어서 어지간한 건 다 적용할 수 있을걸? 그러니
신중하게 선택하라고. 내말 맞지?"

그녀의 물음에 센트룸이 환한 얼굴로 고개를 끄덕였
다.

"정확해. 역시 월향~!"

그녀의 설명에 기분이 좋아진 센트룸이 다시금 입을 열었다.

"마지막 마법은~"

한참동안 뜸을 들이던 그가 장난기 가득한 얼굴로 말을 이었다.

"나도 몰라."

"에?"

"그게 뭔 소리야 대체?"

어처구니없다는 표정으로 바라보는 두 사람을 향해 센트룸이 어깨를 으쓱거렸다.

"마지막 각인 마법은 랜덤으로 부여 되서 어떤 게 각인 됐는지는 확인해 보기 전까진 나도 잘 몰라."

"뭐야? 그런 게 어디 있어?"

월향의 어이없다는 말에 센트룸이 어색하게 웃었다.

그런 그를 향해 눈을 가늘게 뜬 월향이 추궁하듯이 물었다.

"너, 솔직히 말해. 그 마법 안정적이긴 한거야? 제대로 시험은 해본 거겠지?

"물론 해봤지."

"어땠는데?"

"저번에 사로잡은 고블린 녀석을 가지고 해봤는데 역사

206 절음자2

상 전무후무한 헬파이어를 소환할 수 있는 고블린이 탄생했지."

"그…… 그게 말이 되?"

너무 황당한 센투룸의 말에 월향이 말까지 더듬어가며 물었다.

"응, 말이 되. 그래도 신기하긴 했는지 로드께서 직접 데리고 가시더라고."

"이런 미친! 지금 그런 말도 안 되는 마법을 쟤한테 각인시켜 준거란 말이야?"

"그래서 내가 말했잖아, 조금 위험할 수 있다고."

"이게 조금 위험한거냐? 이 멍청한 조증 마법사야! 당장 어떤 마법인지 알아내서 이상한 거면 지워버리라고!"

"일……단 확인부터 해보고."

월향이 역정을 내자 당황한 센트룸이 부랴부랴 각인된 마지막 마법진을 활성화 시켰다.

"에? 이거 지금 활성이 안 된다."

어색하게 웃으며 뒤돌아서는 센트룸을 향해 월향이 소리를 질렀다.

"무슨 소리야 그게! 당장 알아듣게 설명해봐!"

"아하하하, 그게 말이지. 아무래도 때가 되면 활성화 되는 종류의 마법진인가봐. 뭐~ 두 개는 괜찮으니까 좋게 생각하자고 좋게~큼큼!"

먼 산을 바라보며 연신 헛기침을 하는 센트룸의 눈동자가 좌우로 빠르게 흔들리고 있었다.

그런 두 사람 사이에 서서 어쩔 줄 모르고 있는 유건에게 다가간 월향이 깊은 한숨을 내쉬며 말했다.

"에휴~ 저런 조증 마법사한테 부탁하는 게 아니었는데…… 이 누나가 미안하다."

그녀의 사과에 유건이 손사레를 치며 말했다.

"미안하긴요~ 누님 덕분에 이렇게 좋은 마법을 세 개나…… 아니 두 갠가? 아무튼 좋은 마법을 공짜로 얻었는데 제가 감사해야죠. 그리고 센트룸 형님 감사드립니다."

웃으며 월향을 안심시킨 유건이 여전히 먼 산을 바라보며 두 사람을 곁눈질로 흘깃 거리고 있는 센트룸을 향해 고개를 숙였다.

"어흠흠, 뭐 감사랄 거까지야. 나도 실험을 해볼 수 있어서 좋았으니 그걸로 퉁 치자고."

"뭐? 실험? 너 진짜 오늘 나한테 한번 죽어 볼래?"

"이크! 아! 나는 갑자기 중요한 일이 생겨서 이만~!"

화가 오를 대로 오른 월향을 피해 블링크를 시전 한 센트룸이 저만치 멀리서 모습을 드러낸 뒤 큰 소리로 인사를 하고는 숲을 향해 부리나케 달려갔다.

"아우! 내 여태 저런 걸 동료라고!"

한숨을 내쉬며 열을 내던 월향이 미안한 얼굴로 유건에게 다가와 연신 사과를 했다.

"미안하다 유건아…… 내가 뭐라 할 말이 없다."

"아…… 아니 저기…….""

딱히 손해 봤다는 생각이 들지 않았던 유건으로서는 그런 그녀의 사과가 못내 부담스러울 뿐이었다.

실제로 따지고 보면 어떤 마법이 활성화 될지 알 수 없는 세 번째 각인 마법이 조금 부담될 뿐 나머지 두 가지 마법은 어지간한 기연보다 더 나았기 때문이었다.

미안해서 고개를 들지 못하는 월향과 그런 그녀의 모습에 연신 입맛을 다시는 유건의 모습을 숨어서 지켜보던 센트룸이 몸을 돌려 자신의 연구실로 향했다. 돌아가는 상황을 보아하니 아무래도 당분간은 그곳에서 지내야 할 것만 같았다.

· ⁂ ·

그가 이곳에 온지도 어느덧 반년이라는 짧다면 짧고 길다면 긴 시간이 흘러갔다.

그 사이 변이를 거치지 않은 상태에서 혼돈의 힘을 제법 끌어 쓸 수 있을 정도까지 성장한 유건이 남궁태민 앞에 서서 진땀을 흘리고 있었다.

"허허허허, 언제까지 그렇게 노려보고만 있을 건가?"

"큭!"

마냥 사람 좋은 덩치 큰 동네 아저씨 같았던 그와 마주선 순간 유건은 태산을 마주한 것 같은 착각이 들었다.

그동안 얻은 힘을 쏟아낼 수 있을 거라는 생각에 나름 들뜬 마음으로 임했던 대련이었는데 단 한 번의 공격조차 시도하지 못한 채 그 자리에 못 박힌 것처럼 서있을 수밖에 없었다.

"안 오면 내가 가지."

가만히 있을 때는 태산 같이 굳건하던 그의 기세가 앞으로 한발 내딛자마자 순식간에 사나운 태풍으로 변했다.

부웅!

지극히 단순한 일격.

유건은 정면으로 날아드는 주먹을 빤히 바라보면서도 피할 수 없었다. 사방에서 그를 옭아매는 기운들 때문이었다.

"하아합!"

소리를 내지르며 억지로 몸을 움직인 유건이 양팔을 교차시켜 중단으로 날아드는 주먹을 막아냈다.

퍼억!

사납게 몰아치는 광풍인줄 알았더니 그 안에 태산의 무

거움을 담고 있었다.

양팔이 산산이 부서져 나가는 것 같은 착각이 느껴질 만
큼 강한 충격이 순식간에 온 몸으로 퍼져나갔다.

일격필살(一擊必殺)!

이는 모든 무(武)가 궁극적으로 지향하는 이상적인 공격
형태를 가리키는 표현이었다. 그러나 단 한 번의 공격으로
상대를 무력화 시키고 더 나아가 죽일 수 있다는 것은 말
처럼 쉬운 일이 아니었다.

인간은 의외로 쉽게 죽기도 하지만 반대로 질긴 생명력
을 지닌 존재이기도 했다. 게다가 본능적으로 급소를 방어
하게 되어 있었기에 아무리 평범한 사람이라고 할지라도
쉽게 무력화 시킬 수 없었다. 괜히 고수가 되기 어렵다고
말하는 것이 아니었다.

그간의 수련을 통해 적지 않은 실력의 향상을 도모하게
된 유건의 현 상태는 경지에 오른 그들로서도 결코 가벼이
여길 수 없을 정도였다.

그러나 그런 유건을 남궁태민이 일견 평범해 보이는 일
권으로 철저하게 무너뜨린 것이었다.

바닥에 대자로 뻗은 채 멍하니 하늘을 바라보고 있던 유
건이 한참만에야 자리를 털고 일어섰다.

"방금 그건 뭐였죠?"

"허허허허, 잘 알고 있지 않나?"

"설마 평범한 주먹질이라고 말하려는 건 아니겠죠?"

"왜 아니겠어?"

그의 말을 들은 유건의 미간에 내천자(川)가 새겨졌다. 절대적인 수준 차이. 마치 어린 아이와 어른 같은, 아니 그 이상의 레벨 차이를 느낄 수 있었다.

그의 말대로 그에겐 평범한 주먹질에 불과했을지 모르지만 당하는 사람의 입장에서는 그 어떤 비기보다 더 무서울 수도 있다는 것을 몸소 깨달을 수 있었다.

모든 것을 걸고 발버둥 쳐도 현재 상태에서는 절대로 그를 넘어설 수 없다는 걸 직감했다.

유건이 결심을 굳히는 순간 그가 지닌 모든 힘이 온전하게 개방됐다.

그를 중심으로 세찬 바람이 불었다. 비록 남궁태민의 그것에 비할 바는 아니었지만 제법 거센 기파가 사방으로 퍼져나갔다.

"처음부터 전력으로 갑니다!"

일변한 기세에 이은 유건의 호기로운 외침에 남궁태민의 입이 호선을 그렸다.

"오게나!"

땅을 박찬 유건이 검은 기운을 줄기줄기 뿌려대며 남궁

태민을 향해 쇄도했다.

　　　　　　　　•　▼　•

"하악, 하악…… 쿨럭 쿨럭. 헉헉……."

땀과 흙먼지로 뒤범벅이 된 유건이 바닥에 대자로 누운 채 숨을 헐떡거렸다.

각오를 다진 유건은 남궁태민을 쓰러뜨리기 위해 지닌 바 모든 능력을 활용했다. 탈진해서 드러누울 정도로 온 힘을 다한 유건의 노력과 별개로 남궁태민의 모습은 처음이나 지금이나 별반 다를 게 없었다.

'완전 괴물이잖아?'

호흡하나 거칠어지지 않은 걸 보면 그 수준 차이가 자신의 생각보다 훨씬 더 심한 것 같았다.

이렇듯 아무런 걱정 없이 전력을 다해본 적이 없었던 유건으로서는 모든 힘을 쏟아낸 후에 찾아온 온 몸을 잠식하고 있는 무력감에 왠지 모르게 기분이 좋아졌다.

덜덜 떨리고 있는 손을 들어 물끄러미 바라보던 유건이 피식 웃으며 깊은 숨을 내쉬었다. 그런 그의 눈앞에 구름 한점 없는 맑은 하늘이 펼쳐져 있었다.

'좋구나…….'

기분 좋은 얼굴로 누워있는 유건의 곁에 주저앉은 남궁

태민이 작은 물주머니를 그에게 건네며 말했다.

 "유일하게 내가 네게 전해줄 수 있는 건 조금 전에 보여준 보잘것없는 단순한 주먹질뿐이다. 스스로에게 다짐한 바가 있어서 가문의 절기를 전해주지 못하는 점은 이해해 다오. 이런, 말하고 나니 왠지 더 미안해지는군. 허허허허"

 고개를 돌려 그런 남궁태민의 모습을 바라본 유건의 머릿속에 커다란 곰이 웃고 있는 모습이 그려졌다.

 '단순한 주먹질이라……'

 일격에 온 몸을 무력화 시키고 정신이 아득해지게 만드는 그걸 그저 단순한 주먹질이라고 표현하다니…… 질린다는 얼굴로 고개를 흔든 유건이 점차 힘이 돌아오기 시작하는 것을 느끼며 가볍게 주먹을 쥐었다 폈다.

 "엿차!"

 허리를 튕겨 가볍게 몸을 일으킨 유건이 몸에 묻어있던 흙먼지를 털어내며 남궁태민을 향해 호기롭게 외쳤다.

 "한 번 더 부탁드립니다!"

 그런 유건의 모습이 마음에 들었는지 자리를 털고 일어선 남궁태민이 기분 좋게 웃으며 처음으로 기수식을 취했다.

 "폭뢰신권(爆雷神拳)이라는 제법 거창한 이름을 가지고

있다네. 내가 보기엔 그저 단순한 주먹질에 불과하지만 말이야."

"폭뢰신권……."

뭔지 모르게 강한 인연의 끈이 느껴지는 무공명을 천천히 되뇌던 유건이 의지를 불어 넣자 이내 그의 몸 안에 자리 잡고 있던 혼돈의 힘이 사지 백해로 뻗어나갔다.

터질 듯이 부풀어 오른 무복이 세차게 펄럭거렸다. 남궁태민의 그것과 유사한 기수식을 취한 유건이 오른발을 들어 강하게 진각을 밟았다. 발을 타고 치밀어 오르는 지기(地氣)가 혼돈의 힘과 뒤섞인 채 허리를 타고 올라와 오른손으로 이동했다.

그의 내부에서 찰나지간에 벌어진 엄청난 속도의 기의 유동에 그를 둘러싸고 있던 무형의 기세가 세차게 요동쳤다. 이내 오른 소매가 서서히 부풀어 올랐다.

미증유의 거력이 모여든 그의 주먹이 가늘게 진동하기 시작했다. 상대와의 최단거리를 향해 뻗어가는 주먹에서 우르릉 거리는 굉음이 울려 퍼졌다.

적응자라는 이름에 걸맞게 단숨에 폭뢰신권의 묘리를 깨우친 유건의 모습을 유심하게 지켜보던 남궁태민이 이를 드러내며 환하게 웃었다. 그리고 자신을 향해 날아드는 주먹을 향해 오른손을 뻗었다.

쩌어어엉!

대기가 진동하며 거칠게 요동쳤다. 때 아닌 날벼락에 숲에 자리하고 있던 짐승들이 화들짝 놀라 사방으로 달아났다.

　그 순간 각기 다른 장소에서 볼일을 보고 있던 숲의 주인들이 그 자리에 멈춰 섰다. 진정한 숲의 군주가 지닌 고유의 파장을 감지했다. 힘이 느껴지는 방향을 향해 몸을 돌린 그들이 가볍게 고개를 숙여 경의를 표했다.

#7. 귀환(歸還)

NEO MODERN FANTASY STORY

적응
자

#7. 귀환(歸還)

저 멀리 달아나는 사슴과 비슷하게 생긴 동물의 이동 경로를 파악하던 유건이 손에 들고 있던 단검을 온 힘을 다해 던졌다.

쇄애액~!

대기를 찢어발기는 것 같은 굉음을 토해내며 날아가던 단검 앞에 두터운 나무가 나타났다. 충돌하려던 찰나 유건의 손짓에 따라 기이한 호선을 그리며 나무를 돌아선 단검이 속도를 더했다.

"크윽!"

단검과의 거리가 멀어지자 붉게 달아오른 유건의 이마에 솟아오른 핏대가 꿈틀거렸다.

"포기하지 말고, 정신을 집중해!"

월향의 단호한 외침에 마음을 다잡은 유건이 거의 끊어지기 직전인 기감을 붙잡기 위해 온 힘을 다했다.

유건의 머릿속에서 단검과 연결되어 있던 기의 끈이 툭! 하고 끊어지는 소리가 들렸다.

그 순간 갑자기 방향을 틀어버린 짐승의 옆을 아슬아슬하게 스쳐지나간 단검이 수풀 속으로 모습을 감췄다.

"헉헉……"

비 오듯이 흘러내리는 굵은 땀방울을 아무렇게나 닦아낸 유건이 가쁜 숨을 내쉬며 호흡을 가다듬었다.

"마지막이 조금 아쉽긴 했지만 그래도 이정도면 제법 잘한 거야. 보기보다 소질이 있는 걸?"

월향이 유건에게 물주머니를 건네며 말했다.

"후우~ 몸을 쓰는 것보다 이게 더 힘든 것 같아요 누님."

어느새 호흡이 정상으로 돌아온 유건이 물주머니를 입으로 가져가며 너스레를 떨었다.

그런 그의 모습을 지그시 바라보던 월향이 생각에 잠겼다.

시간이 날 때마다 조금씩 가르치기 시작한 것이 어느덧 반년이라는 시간이 흘렀다. 처음에는 별 기대감 없이 받아들이는데 까지만 가르칠 생각이었는데 어느 순간을 기점으로 마치 스펀지가 물을 빨아들이듯 엄청난 속도로 그녀의 가르침을 흡수하기 시작했다.

이제는 당가 내에서도 직계 혹은 실력을 인정받은 소수들에게만 전수되는 비전들만을 남겨두고 있는 상태였다.

얼핏 가늠한다고 해도 방금 그가 단검을 움직이던 거리는 십장(30m)이 조금 넘는 거리였다.

그냥 던지는 것도 아니고 기감을 연결한 채 상황에 따라 방향을 바꿀 수 있는 거리의 한계가 그 정도라는 건 정말이지 대단하다고 밖에 말할 수 없었다. 제 아무리 적응자라고 해도 이렇게 짧은 시간 내에 이정도 경지라니?

유건은 지금껏 그녀가 경험해 왔던 일반적인 적응자가 보여주던 패턴과 무언가 많이 달랐다.

오싹!

순간 왠지 모를 두려움이 엄습하는가 싶더니 그녀의 온몸에 소름이 돋아났다.

고개를 내저으며 상념을 털어낸 그녀가 땀으로 젖어 축축해진 그의 등판을 세게 내려치며 말했다.

"오늘은 여기까지! 밥 먹으러 가자."

"아욱! 그냥 말로 하시지."

"어쭈? 조금 배웠다고 기어오르지? 내가 뭐라 그랬어? 스승은?!"

"하늘과 동격이다."

"그렇지! 그걸 잊어버리는 놈은?"

"맞아 죽어도 싸다."

이렇듯 폭력을 동반한 주입식 교육의 효과는 확실했다.

내심 투덜거리면서도 자신의 물음에 앵무새처럼 자동으로 대꾸하고 있는 유건의 모습에 기분이 좋아진 월향이 환하게 웃으며 경쾌하게 걸음을 옮겼다.

．　✤　．

숙소로 돌아가니 오랜만에 모든 사람들이 한 자리에 모여 앉아 있었다.

"어라? 어르신? 언제 오셨데요? 한참 걸리신다고 하시더니."

상석에 앉아있는 마진혁의 모습을 발견한 월향이 반색을 하며 그에게 뛰어갔다.

이러니저러니 해도 이들의 정신적인 지주역할을 하고 있는 마진혁이었기에 그가 돌아왔다는 사실에 무척이나 기분이 좋아진 월향이었다. 평소에 조금 어려워하기는 해도 그 모든 것이 자신을 위한 것이라는 걸 잘 알고 있는 월향이었기에 일행들 중 남궁태민 다음으로 믿고 의지하는 이가 바로 마진혁이었다.

그런 그녀를 향해 가볍게 손을 들어 보인 마진혁이 유건을 향해 손짓했다.

"이리 와서 앉아보게나."

"네."

은연중에 뿜어지는 기세 때문인지는 몰라도 왠지 모르게 그의 앞에만 서면 위축되는 기분을 느꼈다.

"이제 곧 붉은 달이 뜨는 시기라네."

"그렇군요."

츠요시에게 잠깐 들었던 기억이 떠오른 유건이 말했다.

"그 시기에는 여기에 있는 모든 사람이 각자 맡은 지역으로 나가서 각자의 역할에 충실해야 한다네. 그것이 이곳에 먼저 자리 잡고 있는 이들과 맺은 협약이지."

"……."

아무런 말없이 고개를 끄덕이고 있는 유건의 모습에서 마진혁은 그가 처음 왔을 때와 달리 한층 더 성장했다는 것을 느낄 수 있었다.

"그 기한은 짧으면 한두 달 정도지만 길게 이어질 경우 육 개월을 넘기기도 한다네. 이 말은 자네가 이곳을 떠나야 할 시기가 왔다는 걸 뜻하는 거네. 혼자 이곳에 남아서 생활할 수는 없으니까."

"하지만 어르신? 혼자 이곳에 있는 대신 저희를 도우면 되지 않습니까?"

월향의 물음에 대답한 것은 그녀의 곁에 앉아있던 남궁 태민이었다.

"어르신께서 우려하시는 것은 그가 혼자 남게 되는 것이 아니라 그 붉은 달에 영향을 받게 된 유건이 폭주하게 되는 거야. 너도 알다시피 이쪽 세계에서의 폭주는 저쪽 세계에서의 그것과는 많이 다르잖아."

"그…… 그건."

그의 말에 뭐라 반박하고 싶은 월향이었지만 그녀도 속으로는 이미 수긍하고 있었다. 다만 헤어짐의 시기가 생각보다 더 빨리 다가왔다는 것에 대한 아쉬움이 가득할 뿐.

마지막 만찬이어서 그런 건지는 몰라도 한껏 솜씨를 발휘한 센트룸 덕분에 모두들 배가 터질 만큼 실컷 먹고 즐길 수 있었다.

마침 태환이 드워프들 쪽의 일을 마치고 난 뒤 새롭게 얻어온 맥주들도 충분했기에 밤이 새는 줄 모르고 와자지껄 웃고 떠들었다.

"후아~ 취하네. 여~ 우리 귀염둥이 막내."

얼굴이 붉게 달아오른 월향이 유건의 곁에 걸터앉아 그의 볼 살을 길게 잡아 당겼다.

"취…… 취하셨습니까?"

술기운으로 인해 잔뜩 달아오른 얼굴로 안기듯이 밀착한 월향의 풍만한 몸매가 온 몸으로 느껴졌다. 게다가 그녀의 입에서 흘러나오는 술 냄새에 뒤섞인 달콤한 향까지.

당황한 유건이 그녀를 가볍게 밀치며 옆자리로 옮겼다. 그런 유건의 모습에 월향의 눈매가 호선을 그리며 보기 좋게 휘어졌다.

"요~ 쑥맥! 뭘 그렇게 부끄러워하냐? 어차피 내일이면 못 보게 될 텐데. 이 누님의 사랑을 거부하다니. 너 죽을래? 아니면 곱게 안길래? 앙?"

"그…… 그건."

당연히 죽기는 싫고 그렇다고 안길 수도 없으니 난감해진 유건이 남궁태민을 바라보며 도움을 청했다.

"허허허허, 우리 향이가 많이 서운한가 보구나?"

유건의 도움의 눈빛을 외면하지 않은 남궁태민이 가까이 다가와 유건의 목덜미를 감싸 안은 채 입술을 내밀고 있는 월향을 번쩍 들어 옆자리에 앉혔다.

"우씨~! 아무리 태민 오라버니라고 해도 말리시면 안돼요. 저 숫총각의 입술을 제일 먼저 따 먹는 건 바로 내가 돼야 한다고요!"

태민의 손아귀에서 벗어나기 위해 한참동안 버둥거리던 월향이 잠시 후 축 늘어지며 낮게 코를 골기 시작했다.

그런 그녀의 모습을 어색한 표정으로 바라보고 있던 유건에게 남궁태민이 말을 건넸다.

"고맙구나. 우리 향이가 그동안 많이 어두웠었는데 네 덕분에 다시금 밝아졌어."

"그런가요?"

"포기하지 않고 앞으로 나가려는 네 모습에 나름대로 느낀 바가 있었던 것 같더구나. 이러니저러니 해도 이곳에 있는 이들은 엄밀히 말하자면 현실에서 도망친 패배자들이니까. 패배자들 속에서 새로운 희망을 찾는다는 건 불가능한 일이지. 이 아이 뿐만 아니라 모두들 네 덕분에 새 힘을 얻었다. 그래서 나 또한 고맙다는 말을 전하고 싶었다. 진심으로 고맙게 생각한다."

커다란 덩치를 가진 남궁태민이 유건을 향해 허리를 굽혀가며 크게 인사를 건넸다.

그런 그의 모습에 당황한 유건이 어쩔 줄 몰라 자리에서 일어나 허둥거렸다. 한참 만에 고개를 든 남궁태민이 환하게 웃으며 유건의 등을 두드렸다.

그가 잠꼬대를 하고 있는 월향을 조심스럽게 들어 숙소로 향하자 잠시 후 스즈키 츠요시가 그의 앞에 소리도 없이 나타났다.

"웃! 깜짝이야. 인기척 좀 내고 다니세요."

"덕분에 다음 단계로 향하는 단초를 얻었다. 고맙다."

"그…… 그래요? 그건 그렇고 카르마인지 뭔지가 흔들 렸다고 하던데 몸은 괜찮으신 겁니까?"

"그건 네가 알 바 아니고."

"아, 네……."

차가운 츠요시의 한 마디에 머쓱해진 유건이 입맛을 다 셨다. 여전히 자기 할 말만 하는 그의 모습에 쓴웃음이 지 어졌다.

"받아라."

"응?"

그가 던진 물건을 받아든 유건이 물건의 정체를 확인 한 뒤 의아한 얼굴로 그를 돌아보았다.

"자동 귀환 마법이 새겨져 있는 수리검이다. 너처럼 주 위가 산만한 녀석에게 좋은 물건이지. 돌아가면 다시는 휘 둘리지 말고 주체적으로 살아라. 네 가는 길에 걸림돌이 된다면 과감하게 제거할 줄도 알아야 한다."

평소 필요한 말만 짧게 하는 그의 모습을 잘 알고 있었 던 유건에게 꽤나 길게 말을 늘어놓는 츠요시였다. 유건은 평소와 다른 그의 모습에서 그 안에 가득 담긴 정을 느낄 수 있었다.

"가…… 감사합니다. 명심하도록 하겠습니다."

"……."

그의 인사에 대꾸 없이 자취를 감춘 츠요시의 행동에서

왠지 그가 쑥스러워 하고 있는 것 같다는 생각이 들었다.

잠시 후 왁자지껄 하던 장내가 조용해졌다. 아무데나 누워 잠든 이들의 모습을 바라보던 유건이 바닥에 내려와 양손으로 머리를 받치고 누웠다. 밤하늘을 가득 채운 별무리가 쏟아질 것처럼 반짝이고 있었다.

"이곳에 오길 잘했네."

뭔가 귀중한 것들을 잔뜩 얻고 돌아가는 기분이었다. 적당히 시원한 바람이 술기운에 달아오른 그의 볼을 어루만지고 지나갔다. 기분 좋아진 유건의 눈이 천천히 감겼다.

다음날 아침.

유건이 처음으로 모습을 드러냈던 포탈 주변에 유건과 그를 마중 나온 이들이 큰소리로 웃고 떠들며 헤어짐을 아쉬워하고 있었다.

"푸하하하하, 내가 이 녀석 몸에 심의육합권을 새겨주기 위해서 실컷 두들기고 있는데 거의 실신 직전이던 녀석이 달려들면서 뭐라고 했는지 알아요?"

"응? 뭐라고 했는데?"

궁금함에 답을 재촉하는 월향과 마찬가지로 주변에 유건

을 둘러싸고 있던 사람들의 얼굴에 궁금증이 잔뜩 서렸다.

좌중을 한번 훑어보며 뜸을 들인 태환이 적절한 순간에 말을 이었다.

"글쎄 저 녀석이 '너 죽고 나 살자 이 새끼야~아' 아, 이러더라니까요. 푸하하하하. 그 모습이 얼마나 웃기던지 자칫 잘못했으면 손이 엇나가서 큰일 날 뻔 했다니까요."

"뭐? 저 녀석 물건일세. 푸하하하"

"설마, 그동안 착한 척 하고 있었던 거 아냐?"

평소 말이 없던 츠요시의 입을 가리고 있던 검은 복면이 일그러지는 모습을 보아하니 그도 웃고 있는 것이 분명했다.

그 가운데 이야기의 주인공인 유건만이 붉어진 얼굴로 울지도 웃지도 못한 채 발만 동동 구르고 있었다.

"제, 제가 언제 그랬습니까?"

"어라? 그럼 기억에 없단 말야? 호오~ 그럼 무의식의 발현이었던 건가? 그렇다면 진짜는 속에 있는 감춰져 있다는 말인데. 수상한 걸?"

"아…… 아니, 누가 그렇답니까?"

"푸하하하, 아주 샌님은 아니라는 거지 뭐. 여자 문제만 빼고."

"그것도 그렇구나 하하하하"

유건의 목에 팔을 두른 월향이 그의 볼 살을 잡아당기며 얼굴에 볼을 비벼댔다.

"아우웅~ 우리 귀염둥이 가면 이 누나는 무슨 재미로 살지? 확~ 그냥 나도 같이 가버릴까?"

"에?"

당황한 유건의 모습에 꺄르르 웃음을 터트린 월향을 향해 센트룸이 짐짓 근엄한 척하며 말했다.

"흠흠, 아쉽지만 신호 장치에 새겨진 이동 마법진은 일 인용이라네."

"누가 몰라? 이 멍청한 마법사야. 아우 진짜 내가 그때 일만 생각하면 확 그냥~"

그녀의 서슬 퍼런 눈빛에 찔끔한 센트룸이 츠요시의 뒤로 몸을 피했다.

그 모습에 사람들이 다시금 웃음을 터트렸다. 사람들의 웃음소리가 잦아질 때 즈음 센트룸이 신호장치에 새겨진 마법진을 포탈과 연동해 활성화 시켰다.

유건의 앞으로 나선 마진혁이 그에게 햇빛을 받아 번쩍이는 투명한 보석을 건넸다.

"마스터를 뵙게 되면 이걸 전해주게나. 일종의 기억 저장 장치라고 생각하면 된다네. 이걸 전해드리면서 로드께서 마스터의 제안을 수용하셨다고 말해주게나."

"네, 그러겠습니다."

230

손가락 굵기만 한 보석을 굳게 거머쥔 유건이 그와 일행들을 향해 공손히 고개를 숙였다.

"그동안 감사했습니다. 이 은혜 결코 잊지 않겠습니다."

  뭔지 모르겠지만 울컥한 마음에 쉽게 고개를 들 수 없었다. 잠시 후 천천히 고개를 든 유건을 향해 월향이 와락 안겨들었다.

"어떤 상황에서든지 너 자신을 믿어라. 그리고 너만의 길을 걸어가는 거야. 누가 뭐라든지 절대로 흔들리지 말고. 알았지?"

  당황으로 물든 그의 얼굴에 이내 편안한 미소가 자리 잡았다.

"네, 누님. 잊지 않겠습니다."

"헤~ 그리고 아무 여자한테나 잘해주지 말고."

  눈가에 매달린 눈물을 훔쳐낸 그녀가 짓궂은 얼굴로 말했다.

"하하하하, 그럴게요. 누님, 항상 건강하십시오."

"얘가~ 누가 누굴 걱정하고 있냐? 네 몸이나 잘 챙겨."

  거의 울 것 같은 얼굴을 한 월향이 도저히 못 참겠는지 남궁태민의 뒤로 몸을 숨긴 채 숨죽여 흐느꼈다.

  여러 가지 감정이 뒤섞인 유건의 눈이 남궁태민과 마주쳤다.

빙그레 웃던 그가 정중하게 포권을 한 채 가볍게 고개를 숙였다.

"무훈을 빈다."

"감사합니다."

그렇게 모두에게 감사의 인사를 전하고 난 뒤 활성화된 포탈을 향해 걸어가던 유건이 태환의 부름에 뒤를 돌아봤다.

"여~ 애송이!"

턱.

그런 그에게 기다란 장검이 날아들었다. 무심코 받아든 유건이 의아한 눈으로 그를 바라보자 태환이 말했다.

"가서 철환이 녀석에게 전해줘라. 못난 형 때문에 고생이 많다는 말도…… 아니다, 그냥 검만 전해줘. 그게 나을 것 같네. 이제 와서 무슨 말을 더 한다고 나도 참…… 하하."

뒷머리를 긁적이며 헛웃음을 짓는 태환을 향해 유건이 가볍게 목례를 했다.

이제는 진짜로 가야할 때였다. 나를 기다리고 있는 이들이 있는 곳으로. 그리고 나만의 길을 걸어가게 될 바로 그곳으로.

눈부시게 빛나는 포탈을 향해 한걸음 내디딘 유건의 모습이 이내 빛 무리 속으로 사라졌다.

남궁태민의 품에 안긴 채로 유건이 사라진 현장을 바라보고 있던 월향이 작게 되뇌었다.

"부디 다시 볼 수 있기를."

센트룸에 의해 유건이 가지고 온 신호 장치에 새겨져 있던 마법진이 활성화되자 가드 대한민국 지부 내에 있는 통제실에 신호가 감지 됐다.

"A-Type Controller에서 신호가 감지됐습니다."

스테파니의 보고를 받은 박태민이 스피커폰에 대고 말했다.

"승인해."

"네, 알겠습니다."

승인 버튼을 누름과 동시에 이곳 좌표가 송신됐다.

유건의 귀환 신호가 왔다는 사실을 듣고 이를 승인한 박태민이 비릿하게 웃으며 즐겨먹던 재스민 차를 입에 가져다 대고는 한입에 털어 넣었다.

자세를 바로 한 그가 품에서 전화기를 꺼내 어딘가로 연락을 취했다.

"그가 돌아왔습니다. 네, 확실하게 처리하도록 하겠습니다. 걱정하지 마십시오. 네. 네. 그럼 이만 끊겠습니다. 넵."

전화를 끊은 그가 책상에 두 발을 올린 채 의자에 깊숙이 몸을 묻었다.

"아주 적절한 순간에 등장하시는 군. 하늘이 나를 돕는구나. 하하하하, 좋군, 아주 좋아."

눈앞을 가득 채운 빛 무리가 유건의 시야를 가로막았다. 약간의 어지러움을 동반한 기묘한 감각이 그런 그의 온 몸을 에워쌌다.

잠시 후 주변을 둘러싼 빛이 점점 잦아들며 주변 사물들이 눈에 들어오기 시작했다. 지난 번 그가 저쪽으로 이동하기 위해 이용했던 바로 그 방이었다.

"어서 오세요, 유건씨. 오랜만이네요?"

그의 귀에 익숙한 목소리가 들려왔다. 몇 번 눈을 깜빡거리자 이내 시야가 온전하게 회복되었다. 그의 눈앞에 스테파니가 예의 그 육감적인 몸매를 자랑하며 서있었다.

'돌아왔구나.'

더 이상 원치 않는 상황 속에서 휘둘려 다니지 않으리라! 다시 한 번 굳게 다짐한 유건이 한 걸음 앞으로 내딛으며 그런 그녀에게 말했다.

"반갑습니다. 오랜만이군요."

어딘지 모르게 분위기가 많이 달라진 유건의 모습에 스테파니의 눈매가 살짝 가늘어졌다.

"휴가가 꽤나 즐거우셨나 봐요?"

그녀의 말에 지난 시간들을 떠올린 유건이 묘한 표정을 지으며 답했다.

"후훗, 그러게 말입니다."

가볍게 답하며 그녀의 곁을 스쳐가는 유건의 옆모습을 바라보던 스테파니가 살짝 미간을 찌푸렸다.

아직까지 밝혀지지 않았지만 그녀는 정신계 이능력자였다. 그런 그녀의 주특기는 대상을 매혹시킨 뒤 원하는 것을 얻어내는 것이었다. 이는 스파이 역할을 하고 있는 그녀에게 있어서 매우 효율적인 능력이었다.

여느 때와 같이 유건을 향해 능력을 펼친 그녀가 이토록 당황해 보기는 오랜만이었다. 바로 얼마 전까지만 해도 자신이 다가가기만 해도 어쩔 줄 모른 채 얼굴을 붉히던 그가 아니었던가?

혹시나 해서 그 능력을 최대한 발휘했음에도 불구하고 유건은 전혀 영향을 받지 않고 있는 모습이었다.

앞서 걸어가는 그의 뒷모습이 새삼스럽게 크게 다가왔다. 아랫입술을 살짝 깨문 그녀가 서둘러 그의 곁으로 다가갔다.

"어딘지 모르게 조금 변하신 것 같네요?"

"그런가요?

"지부장님부터 만나러 가실 거죠?"

"당연히 그래야죠. 덕분에 좋은 곳에서 잘 쉬다 왔는데 인사부터 드리는 게 사람 된 도리가 아니겠습니까?"

'어떤 인사가 될지는 모르겠지만.'

뒷말을 삼킨 유건이 묘한 표정으로 자신을 쳐다보는 스테파니를 향해 가볍게 웃어보였다.

지부장 실 앞까지 안내해준 스테파니를 향해 감사 인사를 한 유건이 평소와 다른 그녀의 모습에 고개를 갸웃거렸다.

그러기도 잠시 지부장실 앞에 앉아있던 비서를 바라보자 그녀가 이미 알고 있었다는 듯이 유건을 향해 들어가라고 손짓했다.

가볍게 인사를 한 뒤 지부장실 문을 열고 안으로 들어갔다. 서류를 보고 있던 박태민이 안으로 들어서는 유건을 바라보며 반가운 얼굴로 그를 반겼다.

"이야~ 휴가가 무척이나 즐거우셨나 봅니다? 신수가 다 훤해지셨는데요?"

자리에서 일어난 박태민이 소파에 걸터앉으며 유건에게 자리를 권했다.

"덕분에 잘 쉬다가 왔습니다."

"그래요? 그것 참 의외로군요."

유건의 모습에서 위화감을 느낀 박태민이 고개를 갸웃거리며 말을 이었다.

"그건 그렇고 제법 오래 쉬다가 돌아왔으니 슬슬 현장에 복귀하셔야죠?"

"이왕 휴가를 주신 김에 한 일주일 정도만 더 시간을 주셨으면 합니다만?"

"일주일이요?"

"네."

"무슨 따로 볼일이라도?"

"그것까지 말씀드리긴 좀 그렇고요."

"흐음…… 그래요?"

잠시 생각에 잠겨있던 박태민이 고개를 끄덕이며 말했다.

"그래요. 큰일을 겪었던 사람인데 그 정도 편의는 봐줘야죠. 그럼 그렇게 하도록 합시다."

"감사합니다. 그럼 전 이만."

자리에서 일어서려는 유건을 향해 박태민이 말했다.

"아? 그건 그렇고 유건씨를 좀 보고 싶어 하는 분들이 계신데 말이죠."

"저를요?"

"네, 유건씨가 돌아오기를 꽤나 오랫동안 기다리셨답니다. 후후훗."

"가드 요원으로서 해야 할 공식적인 업무인가요?"

"아? 그건 아닙니다."

"그럼 거절합니다."

"네…… 뭐요?"

무심코 답하던 박태민이 미간을 찌푸리며 반문했다.

"공식적인 임무가 아닌 일에 제가 응할 이유는 없다고 생각합니다만?"

"허~! 이거 유건씨가 휴가를 오래 다녀오시더니 자신이 처한 상황에 대해 잊어버리신 것 같군요. 굳이 상기시켜 드리고 싶지는 않았는데 말이죠."

싸늘한 표정을 한 박태민이 가볍게 손가락을 튕기자 유건의 양어깨를 짓누르는 거력이 느껴졌다. 박태민은 자신의 힘에 짓눌린 유건이 정신을 차리고 다시 전처럼 고분고분해지리라 믿어 의심치 않았다.

그런 그의 예상과 달리 유건은 고통스러워하는 대신 비릿한 미소를 머금고 그를 쳐다보고 있었다.

'응?'

평범한 사람이라면 바닥에 엎드려 고개조차 들지 못할 만큼 강한 힘이 온 몸을 짓누르고 있음에도 불구하고 유건의 표정은 시종일관 여유로웠다.

'나날이 크기를 더해가던 그 바위들에 비하면 이건 아무것도 아니지.'

새삼 태환에게 고마움을 느낀 유건이 가볍게 땅을 박찼다.

"컥!"

방심하고 있던 박태민의 목 줄기를 틀어쥔 유건이 그의 얼굴을 가까이 가져다 대며 말했다.

"왜? 바닥을 기어가며 살려달라고 애원할 줄 알았나? 응? 말해봐. 지금 이 상태에 살려달라고 해야 할 사람은 과연 누굴까? 네가 가진 그 힘이 이렇게 바짝 달라붙은 상황에서도 도움이 되려나?"

"컥컥! 너…… 이 새끼."

숨이 막혀 붉게 달아오른 얼굴을 한 박태민이 자신의 목줄을 움켜쥔 유건의 손을 풀어내기 위해 바동거렸다.

"가만있어. 그러다가 만약 내가 실수로 네 목을 부러뜨리거나 하면 큰일 나잖아 안 그래?"

푸들거리는 손을 내민 박태민이 자신을 향해 이능을 발현시켰다.

"큭!"

조금 전에 비해 배는 더 강한 힘이 유건과 박태민을 동시에 짓눌렀다. 거대한 압력에 핏발이 가득 선 눈으로 노려보고 있는 박태민과 달리 유건은 약간 인상을 찌푸렸을 뿐 별다른 영향을 받지 않았다. 결국 견디다 못한 박태민이 이능의 발현을 취소했다.

"커흐흑……."

"마지막으로 한 번만 경고할 테니 잘 들어. 두 번 다시 나를 가지고 제멋대로 굴 생각하지 마라. 그때는 경고가 아니라 직접 네놈의 목을 꺾어줄 테니까. 알아들었냐?"

거의 실신하기 직전까지 다다른 박태민이 천천히 고개를 끄덕였다.

털썩.

유건이 손아귀에서 힘을 풀자 힘없이 축 늘어진 박태민이 바닥에 그대로 주저앉았다.

"컥컥…… 커흑, 쿨럭 쿨럭."

기침을 해대며 괴로워하던 박태민이 눈물 콧물로 범벅이 된 얼굴을 들어 유건을 쳐다보았다.

"너…… 이 새끼."

"그럼 허락해주신 대로 나머지 일주일 간 더 쉬고 찾아뵙겠습니다. 지.부.장.님."

그런 박태민을 향해 공손하게 허리를 숙여 인사를 한 유건이 그대로 몸을 돌려 지부장실을 나섰다.

호흡이 돌아오고 난 뒤에도 엉망으로 당한 자신의 모습이 믿어지지 않는 다는 듯 한참을 멍하니 앉아있던 박태민이 부들거리는 손으로 소파를 짚고 일어나 무너지듯 그 위에 앉았다.

"이 새끼가 감히 내가 누군 줄 알고!"

엉망이 된 얼굴을 손수건으로 닦아내던 그가 인상을 구기며 탁자를 발로 걷어찼다.

'대체, 그 안에서 무슨 일이 있었던 거지?'

인상을 구긴 박태민이 목을 어루만지며 생각에 잠겼다. 그런 그의 목에는 유건의 손자국이 퍼렇게 인장처럼 남아 있었다.

· ▾ ·

"룰루~ 특급 사랑이야~"

철 지난 유행가를 흥얼거리며 지부를 빠져나온 유건이 택시를 잡아탔다.

'그 정도 했으면 적어도 당분간은 다른 수작 부릴 생각은 못하겠지?'

조금 전 박태민에게 했던 행동들을 천천히 되짚어본 유건이 다시금 마음을 다잡았다.

다시는 다른 이들에게 휘둘리지 않으리라!

은연중에 피어오른 기세로 인해 운전을 하던 기사가 오한이 들기라도 한 것처럼 가늘게 몸을 떨어댔다.

택시가 멈춰선 곳은 언덕 꼭대기에 자리한 자애원이었다. 자신의 기세로 인해 몸을 떨어대던 택시 기사에게 미안했던 유건이 오만 원짜리 한 장을 내밀고는 거스름돈을 받지 않은 채 택시 문을 닫았다.

이게 웬 횡재냐는 얼굴로 서둘러 출발한 택시가 검은 매연을 뿜어내며 사라져갔다.

아직 학교 갔던 아이들이 돌아올 시간이 아니었는지 자애원 주변이 조용했다.

그때 때마침 쓰레기봉투를 버리러 밖으로 나선 미령이 활짝 열려있는 정문으로 천천히 들어서는 유건의 모습을 발견했다.

"유건아!"

"응?"

소리를 지르며 달려오던 미령의 발이 엉키며 앞으로 쓰려졌다. 그녀의 몸이 바닥에 닿으려는 찰나 꽤 먼 거리를 마치 순간 이동이라도 한 것처럼 단숨에 이동한 유건이 그런 그녀를 부드럽게 받아 일으켰다.

"그렇게 허둥대다가 다친다니까. 누나는 항상 그게 문제야."

"유건아? 유건아! 대체 어디 갔다가 이제 나타난 거야? 이 나쁜놈아! 으앙~"

갑자기 서럽게 목 놓아 우는 그녀의 모습에 난처해진 유건이 그런 그녀를 품에 안고 천천히 다독여주었다.

한참동안 흐느끼고 나서야 진정한 그녀와 함께 사무실

로 들어선 유건은 여기저기 쌓여있는 종이 상자와 짐을 싸다 만 흔적들을 보고 의아한 얼굴로 물었다.

"이게 다 뭐야? 이사해?"

"응, 이번에 좋은 후원자를 만나서 이 근처로 이사하기로 했어."

"그래? 어떤 사람인데?"

"나도 잘 몰라. 직접 정체를 밝히고 싶지 않다고 하더라. 이 근처에 자기 소유의 건물이 있는데 괜찮다면 그곳을 수리해서 사용해도 좋다고 하더라고. 그렇지 않아도 이쪽 주변이 모두 개발되는 추세라 그냥 버티고 있기도 뭐했거든."

"그래? 그쪽으로 옮기는데 별 문제는 없고?"

"응, 이미 그런 쪽으로 다 알아봤지. 깨끗해. 아무 문제도 없고. 여기 땅하고 건물은 한국 건설에서 매입하기로 했어. 시세보다 몇 배 더 쳐준다고 하더라. 가뜩이나 개발 열풍이 불어서 시세가 몇 배는 더 올랐는데도 거기서 더 쳐준다니까 우리 입장에서는 잘됐지 뭐. 다른 데로 옮기는 게 문제였는데 다행히 근처에 새로 옮길 곳도 생겼고."

"영식이랑, 미영이가 좋아하겠네. 걔네들 때문에라도 다른 데로 가는 건 생각도 못했잖아."

"응, 인간만사 새옹지마라더니 여러모로 잘 풀려서 요즘 기분이 좋다."

"그건 그렇고 어때? 좀 괜찮아?"

유건의 조심스러운 물음에 가볍게 눈을 흘긴 미령이 그의 어깨를 세게 내리쳤다.

"아욱! 왜 때려 누나."

"그걸 이제야 물어보냐? 그동안 어디서 뭘 했기에?"

"아? 그건 내가 미안. 입이 열 개라도 할 말이 없네."

"열개고 뭐고 하나 있는 입으로 말 좀 해봐. 대체 그동안 어디 갔던 거야? 가드 측에 연락해 봐도 기밀이라 말해줄 수 없다고만 하고. 일 년이 다되도록 코빼기도 비추지 않다니. 대체 어디서 뭘 한거야? 응? 어디 크게 다친 건 아니고?"

끝없이 물어오는 그녀의 물음에 유건이 난처한 얼굴로 머리만 긁적였다. 그녀의 물음에 담긴 것은 책망이라기보다 진심어린 걱정이었다.

"연락 못해서 미안, 어디 다친 건 아니고. 중요한 일이 좀 있어서 외국엘 좀 다녀왔어."

"외국? 어디? 얼마나 중요한 일이기에 연락한번 못해?"

"아~ 그게 좀 먼 곳이라 전화 할 여건이 안 되는 오지라서."

굳이 따지자면 틀린 말도 아니었다. 사랑하는 누이에게 거짓말을 해야 한다는 게 마음에 걸리긴 했지만 그렇다고 해서 사실대로 말할 수는 없는 노릇이었다.

"그랬구나. 그래서 갔던 일은 잘 됐고?"

"응, 안 갔으면 후회했을 만큼."

"그래? 그럼 됐고. 밥은 먹었니? 그렇지 않아도 자장면이나 시켜먹을까 했는데."

"난 짬뽕 곱빼기, 그리고 군만두 추가."

기다렸다는 듯이 대답하는 유건의 모습에 어이없다는 듯 웃음을 터트린 그녀가 전화기를 들어 주문했다.

"네, 거기 영빈각이죠? 자장면 두개하고, 짬뽕 곱빼기 하나 주시고요…… 군만두 하나 주세요. 맛있게 해주세요. 네. 감사합니다."

주문하는 그녀의 모습을 바라보며 유건은 살아있길 잘했다는 생각을 했다. 만약 자신이 세상을 등졌다면 홀로 남은 누나는 남은 시간을 평생 스스로를 자책하며 보냈을 게 분명했다.

"근데 자장면은 왜 두 그릇이야?"

"아? 그렇지 않아도 너한테 소개시켜줄 분이 계셔."

"그래?"

그 순간 문이 열리며 훤칠한 키를 자랑하는 제법 준수해 보이는 사내가 모습을 드러냈다.

"아? 저기 오네. 어서 오세요. 동욱씨."

'응?'

가까이 다가온 사내에게서 미약하지만 유건에게는 제법 익숙한 기세가 느껴졌다.

"인사하세요. 여긴 제 동생 유건이고 이쪽은 반년 전부터 이곳 일을 도와주기 시작한 한동욱씨."

그녀의 소개에 자리에서 일어난 유건이 한동욱을 향해 손을 내밀었다.

"처음 뵙겠습니다. 백유건이라고 합니다."

"안녕하세요. 한동욱입니다."

"우리 구면인가요?"

"네?"

"아니요, 왠지 낯이 익은 것 같아서."

"아하하하, 제 얼굴이 워낙 평범해서 그런지 그런 말은 종종 듣는 편입니다."

"그렇군요."

"윽!"

순간 손을 쥐고 있던 유건이 힘을 더하자 한동욱이 인상을 찌푸렸다.

"근데 정말 저 모르세요?"

"윽, 예 오늘 처음 뵙습니다."

진땀을 흘려가며 양손으로 악수하고 있는 한동욱의 모습에 무언가 이상하다는 걸 눈치 챈 미령이 유건을 향해 소리를 질렀다.

"야! 백유건! 너 지금 뭐하는 거야? 응?"

그제야 그의 손을 쥐고 있던 손아귀에서 힘을 뺀 유건이 어깨를 으쓱거리며 너스레를 떨었다.

"덩치는 좋은데 보기보다 몸이 약하신가보네. 운동 좀 하셔야겠어요?"

"아하하하, 그러게 말입니다. 유건씨 말대로 평소에 운동을 좀 해야겠네요."

피해 당사자인 한동욱이 유건의 말에 웃으며 대꾸하자 미령도 딱히 뭐라 더 추궁하질 못했다.

자리에 앉은 한동욱을 향해 유건이 물었다.

"정확히 어떤 일을 도와주시는 건지?"

"아, 예. 이일 저일 가리지 않고 다 하고 있습니다."

"동욱씨가 온 뒤부터 얼마나 편해졌는지 몰라. 여자가 할 수 없는 일들은 거의 다 동욱씨 선에서 해결되거든."

그의 곁에 앉아있던 미령이 환하게 웃으며 말을 보탰다. 그런 누이의 모습에 살짝 미간을 찌푸린 유건이 금세 얼굴을 풀었다.

"그러셨군요. 여러모로 바쁘실 텐데 이렇게 자애원일을 도와주셔서 감사합니다."

"별말씀을요. 다 제가 좋아서 하는 건데요 뭐."

"참 보기 드물게 좋은 분이시네요."

"과찬이십니다."

그렇게 대화가 오고가는 사이 음식이 도착했다. 어색한 분위기 속에서 식사를 마친 유건이 자리에서 일어나며 한동욱을 향해 말했다.

"같이 물이나 좀 빼러 가시죠?"

"네?"

"제가 의외로 소심해서 화장실을 혼자 못가는 편이거든요."

말도 안 되는 핑계였지만 찔리는 게 있는 한동욱으로서는 그런 그의 요청을 거부하지 못했다.

"아, 네. 그렇지 않아도 화장실에 다녀오려던 참이었습니다. 같이 가시죠."

"감사합니다."

그릇을 치우고 있는 미령을 향해 눈인사를 한 유건이 한동욱과 함께 건물 뒤편에 있는 화장실 건물로 향했다.

주변을 둘러 본 뒤 아무도 없다는 사실을 확인한 유건이 싸늘한 음성으로 앞서가던 한동욱을 향해 말했다.

"그만 가지. 진짜로 볼일 보러 나온 게 아니라면."

그의 말에 고개를 돌린 한동욱이 가볍게 한숨을 내쉬며 말했다.

"어떻게 아셨습니까?"

"냄새가 나거든."

"냄새요?"

248

"그래, 너랑 비슷한 부류들이 풍기는 냄새가 있어. 미약해서 그냥 넘어갈 뻔 했지만 말이지."

"그렇군요."

수긍하는 듯 고개를 끄덕이는 그를 향해 유건이 물었다.

"여기서 뭐하고 있었던 거지?"

"경호중입니다."

"경호?"

그의 말을 들은 유건의 기세가 일변했다. 주변 유리창이 흔들릴 정도로 강하게 흘러나오는 기세에 한동욱이 인상을 찌푸리며 한발 뒤로 물러섰다.

"무슨 경호? 혹시 지난 번 누님이 습격당했을 때도 네놈이 경호하고 있었나?"

"큭, 그…… 그렇습니다."

터엉!

그의 말이 떨어지기 무섭게 땅을 박찬 유건이 한손으로 그의 목 줄기를 움켜쥔 채 높이 들어올렸다.

"컥!"

공중에 매달린 채로 버둥거리고 있는 그를 향해 유건이 물었다.

"지금부터 신중하게 생각하고 말해야 할 거야. 조금이라도 머리를 굴린다 싶으면 가차 없이 부러뜨릴 테니까."

"크큭, 네…… 넵."

"지금 이 주변에 너 말고 다른 경호 요원들이 있나?"

"지……금은 모두 철수 한 상태입니다."

"흠, 그래?"

기감을 넓게 퍼트려 주변을 살펴본 유건이 감각에 걸리는 것이 없다는 것을 확인하고는 천천히 고개를 끄덕였다.

"아무리 생각해봐도 저번 누님 사건 때, 누님을 구하러 도착한 타이밍이 미묘했단 말이지. 네 생각은 어때? 응?"

손에 힘을 살짝 풀었다가 다시 주자 잠시 숨통이 트였던 한동욱이 다급히 숨을 들이켜다 말고 컥컥 거렸다.

"그…… 그건."

"설마 절묘한 타이밍이라고 말하고 싶은 건가?"

"아…… 아닙니다. 컥컥."

"셋을 셀 거야. 그리고 곧바로 네 목을 부러뜨릴 거야. 잘 생각해보고 입을 열도록."

"하나."

"컥컥…….."

"둘."

"마…… 말하겠습니다."

털썩.

그의 다급한 말에 유건이 손에서 힘을 풀자 한동욱이 바

250 절음자 2

닥에 주저앉았다.

　한참동안 기침을 해대며 괴로워하던 그의 앞에 주저앉은 유건이 싸늘하게 웃으며 말했다.

　"처음부터 빠짐없이 말해야 할 거야. 두 번 기회를 줄 생각은 없으니까."

　"큭, 네…… 넵."

　사납게 피어오른 기세에 얼굴이 하얗게 질린 한동욱이 위아래로 빠르게 고개를 끄덕였다.

　그 뒤로 한참동안 이어진 한동욱의 말을 들은 유건이 생각을 정리 한 뒤 입을 열었다.

　"흐음~ 그래서 너는 윗선에서 지시 내린 대로 한 것뿐이다?"

　"넵."

　"헌데 여긴 왜 와있었던 거야? 내가 돌아올 걸 대비한 보험책인가?"

　"그건 아닙니다. 다만……."

　"다만?"

　"미령씨에게 미안한 마음에……."

　"에?

　그의 입에서 전혀 의외의 말이 흘러나오자 유건이 황당하다는 얼굴로 그를 쳐다보았다.

잠시 후 그와 나란히 걸터앉아 이야기를 주고받던 유건이 복잡한 얼굴을 한 채 그의 어깨를 두드렸다.

"너도 참 쉽지 않은 길을 선택했구나. 우리 누나가 남자 보는 눈이 얼마나 까다로운데."

"그…… 그렇습니까?"

"그래. 지금이야 순수하게 자애원을 도와주는 네게 고마워서 친절한 거지 만약 그런 불순한 의도가 있었다는 걸 알게 되는 날엔 다시는 이곳에 얼씬도 못하게 할 걸?"

"제, 제발 도와주십시오!"

"응? 너 왜이래? 왜 갑자기 무릎은 꿇고 난리냐? 안 일어나?"

"정말 제 평생에 이런 기분은 처음입니다. 미령씨의 마음을 얻을 수 있도록 도와주십시오. 도와만 주신다면 이 은혜 평생 잊지 않겠습니다."

"허~ 나 참."

그 뒤로 한참동안이나 두런두런 이야기를 주고받던 두 사람이 어깨를 나란히 하고 사무실로 향했다.

"근데 네 얼굴을 누나가 봤다며? 아까 보니까 그건 전혀 기억을 못하는 거 같은데?"

"저기, 그건 철환 요원님께서 특별히 정신계통 능력을

가진 가드 요원에게 부탁해서 그 부분에 대한 안 좋은 기억들을 제거했기 때문에 그렇습니다."

"그게 가능해?"

"네, 기억을 제거하신 분께서는 그쪽 계통에서는 알아 줄만큼 워낙 탁월한 능력을 자랑하는 분이라서."

"그래? 후유증은 없고?"

"네. 그런 걱정은 없습니다. 아마 미령씨는 자고 있던 중에 도둑이 몰래 다녀갔던 것으로 기억하고 있을 겁니다."

"후유증이 없다는 말 확실한 거지?"

"네, 확실합니다."

"그건 그렇고 이번에 도움을 줬다는 그 이름 모를 후원자가 누군지 알고 있나?"

· ⚝ ·

"그…… 그게."

머뭇거리는 한동욱을 향해 유건이 으르렁거렸다.

"어쭈? 말 안하지?"

"그게, 아무에게도 말하지 말라고 하셔서."

"응? 내가 아무냐야? 아무냐고? 내가 책임질 테니까 말해봐. 어서!"

유건의 재촉에 갈등하던 그가 결국 입을 열었다.

"그 후원자가 바로 철환 요원님이십니다. 한국 건설 쪽에 압력을 넣어서 좋은 값에 건물을 매입하도록 하신 것도 그분이시고요."

"에? 철환 요원님이 대체 왜?"

"그건 저도 잘……."

"흠, 그래?"

사무실로 돌아와 일이 생겨서 가봐야 한다며 급히 자리를 떠난 한동욱과 달리 자리를 지키며 남은 짐을 박스에 넣는 일을 돕던 유건이 그녀가 건넨 물을 마시며 물었다.

"그 한동욱이라는 사람 어때?"

"응? 어떠냐니 뭐가?"

"그냥 어떤 사람인가 궁금해서."

"좋은 분이지 뭐. 너도 알다시피 요즘 세상에 저렇게 헌신적으로 봉사하는 사람 찾기도 힘들잖아."

"그래? 그것뿐?"

"그럼 뭐 다른 게 필요해?"

고개를 갸웃거리며 묻는 그녀의 모습에 어색하게 웃은 유건이 고개를 저었다.

"아냐 아무것도."

"싱겁기는."

늦은 밤이 돼서야 짐 정리하는 일이 끝났다.

"이런 건 이삿짐센터 부르면 편할 텐데 뭐 하러 사서 고생을 해?"

"얘는 그 사람들이 뭐 무료로 봉사해준데? 그런 것도 다 돈이다. 아껴야 잘 살지."

"얼굴은 동안이면서 하는 말은 꼭 동네 할머니 같다니까?"

들리지 않을 정도로 작게 중얼거린 유건이 잘 정리된 박스들을 한쪽에 쌓아놓은 뒤 손에 끼고 있던 장갑을 벗었다.

"자고 갈 거지?"

"미안하지만 오늘은 볼일이 좀 있어서. 다음에 또 올게."

"이 늦은 밤에 무슨 볼일?"

"그건 비밀~!"

"여자 만나는구나?"

"여자는 무슨. 누나도 잘 알면서 그래?"

"하긴, 너 숙맥인 거 내가 제일 잘 알지. 후훗."

"쳇, 두고 봐 멋진 여자 데리고 짜잔~ 하고 나타날 테니."

"어이구? 제발 그러기나 해라."

"그럼 다음에 또 올게. 늦게까지 무리하지 말고 오늘은 일찍 자."

"그래, 걱정말고 네 몸이나 잘 챙겨라."

"내 걱정해주는 사람은 역시 울 누님밖에 없다니까."

엄지를 추켜세우며 윙크를 날린 유건이 손을 흔들며 문 밖으로 나섰다.

"밤바람 차니까 나오지 마."

"그래, 조심히 가고. 전화해."

"응."

그렇게 넓은 마당을 가로질러 정문으로 향하던 유건이 어둠속을 바라보며 말했다.

"그만 나와."

그의 말이 끝나기 무섭게 먼저 볼일이 있다며 자리를 비웠던 한동욱이 모습을 드러냈다.

"너 반쪽이지?"

그가 말하는 반쪽이 제대로 각성하지 못한 부류들을 일 컫는 말이라는 걸 잘 알고 있는 한동욱이 굳은 얼굴로 대답했다.

"네, 맞습니다."

"이유는 알고 있고?"

"그저 의지가 부족했다는 것 밖에는……."

"그럴 리가 있어? 잘 모르니까 각성한 놈들이 그런 말로 뭉뚱그려서 비하하는 거지. 손 좀 이리 내봐."

의아한 얼굴로 손을 내밀자 이를 받아든 유건이 그의 손목을 짚은 채 눈을 감았다.

세밀하게 조절한 유건의 기운이 한동욱의 손목을 타고 그의 몸 안으로 침투했다. 몸을 한 바퀴 도는 도중 반항하는 기운이 느껴지긴 했지만 그 기운은 무척이나 미약했다.

한편 한동욱은 몸속을 헤집고 돌아다니는 알 수 없는 기운으로 인해 치밀어 오르는 열기로 얼굴이 붉어졌다.

"후우~ 일단 이유가 뭔지 알겠다."

가볍게 한숨을 내쉬며 뱉은 유건의 말에 얼굴이 붉게 달아오른 한동욱이 놀란 얼굴로 가까이 다가왔다.

"네? 그게 대체 무슨 말씀이십니까?"

"네가 각성하다 말고 멈춘 이유 말이야."

"그…… 그걸 어떻게?"

"다 아는 수가 있어. 그것보다 너 나랑 약속하나만 하자."

"무슨 약속을?"

"아, 그전에 잠깐만 기다려봐."

뭔가 생각났다는 듯이 눈을 감고 한참동안 집중하던 유건이 외쳤다.

"아공간 소환!"

그의 말이 끝나기 무섭게 거무튀튀한 구멍이 모습을 드러냈다. 밤중임에도 그 형체가 또렷하게 구분될 만큼 농도가 짙었다.

"헛! 대, 대체 이게 뭡니까?"

"그건 네가 알 것 없고. 어디보자 손을 집어넣은 다음 내가 원하는 걸 떠올리라고 했지?"

검은 구멍으로 손을 집어넣은 유건이 한참 만에 손을 꺼냈다. 그의 손에는 고풍스럽게 느껴지는 양피지 두루마리가 들려있었다.

"찾았다. 흐흐흐흐, 센트룸 그 형님이 준 선물이 여러모로 쓸모가 많다니까."

그가 소환해 낸 아공간이 신기해 한참 동안 입을 벌린 채 이를 쳐다보고 있던 유건의 모습이 애처로웠는지 이곳으로 돌아오기 하루 전 센트룸이 그를 불러 아공간을 선물했다. 자신의 것만큼 크기가 크지는 못했지만 어지간한 물건들은 충분히 넣어 놓을 수 있을 만큼 적당한 크기를 자랑했다. 물론 그 안에는 센트룸이 만든 각종 마법 도구들이 잔뜩 들어있었다.

손을 집어넣으면 안에 들어있는 물품들의 목록이 머릿속에 떠오른다더니 그 말이 사실이었다. 이곳으로 넘어오기 전에 건네받은 여러 물건들을 들키지 않았던 것도 바로 이 아공간이 있었기 때문이었다.

유건이 꺼내든 것은 계약 시에 주로 활용한다는 언약 마법이 인챈트 되어 있는 두루마리였다.

이 계약서는 서로 간에 지켜야할 사항을 직접 적어 넣고

258

수결하면 되는 간단한 구조로 되어 있었다. 그러나 이를 지키지 않을 시에 받게 되는 불이익이 상당해서 어지간한 경우가 아니면 계약이 일방적으로 깨지게 되는 일은 없었다.

품에서 볼펜을 꺼낸 유건이 꺼내든 두루마리에 계약 사항을 적었다.

비교적 간단한 계약 내용을 확인한 유건이 만족스러운 표정으로 이를 한동욱에게 건넸다. 정말이지 노골적으로 노예계약임을 알리는 내용이었다.

"이, 이게 뭡니까?"

"보면 몰라? 계약서잖아."

"근데 이게 대체 무슨?"

"읽어보고 동의하면 밑에 이름 적고 사인해."

"아, 네."

천천히 적힌 내용을 살펴보던 한동욱의 얼굴이 시시각각 변했다.

"여기에 적힌 내용이 사실입니까?"

"응, 전부 사실이야."

"저를 각성시킬 수 있다는 게 정말입니까?"

"응, 가능해. 조금 번거롭긴 하지만."

"그럼, 좋습니다. 당장 계약하죠."

"정말이지? 후회 안하지?"

"네!"

유건에게 볼펜을 받아든 한동욱이 즉시 자기 이름을 적어 넣고 멋들어지게 사인을 했다. 온전하게 각성을 못한 반쪽짜리 능력자로서 그간 얼마나 서러운 대접을 받으며 살아왔는지 당사자가 아닌 이상 그 마음을 어찌 다 알 수 있을까?

유건은 알까? 한동욱이 온전히 각성할 수만 있다면 악마에게 영혼을 팔아도 좋다는 생각을 하루에도 수십 번씩 해왔다는 사실을.

지금 한동욱에게 있어서 유건에게 복종해야 한다는 조항 따위는 그리 중요한 게 아니었다. 어차피 지금도 가드에 종속되어 살아가고 있지 않은가?

망설임 없이 사인을 마친 양피지를 높이 든 유건이 마법을 활성화 시키자 이내 그 위에 적힌 글자들이 환한 빛을 뿜어냈다가 사그라졌다. 유건이 양피지를 단숨에 반으로 찢어버렸다. 찢겨져나간 양피지가 빛으로 화해 두 사람의 몸으로 스며들었다.

"계약 끝!"

"끝……난 건가요?"

"그래."

어리둥절한 얼굴로 자신의 몸을 내려다보던 한동욱이 별다른 이상이 없다는 걸 깨닫고 난 뒤 유건을 쳐다보았다.

"자, 그럼 각성부터 해볼까?"

"여기서요?"

"그래. 따지고 보면 별로 어려운 일도 아니야."

유건은 한동욱을 데리고 자애원 뒤쪽에 위치한 산이라
고 부르기엔 민망한 작은 둔덕에 올라갔다. 늦은 밤이기도
하고 워낙 후미진 곳이라 사람들의 왕래가 별로 없는 곳이
기도 했다.

"여기 앉아봐."

"네."

유건의 말에 따라 엉거주춤하게 주저앉은 한동욱을 향
해 유건이 말했다.

"긴장하지 말고 편하게 앉아."

"네? 아, 네."

유건이 어색하게 웃으며 양반다리를 하고 앉은 한동욱
의 주변을 돌며 센트룸이 알려준 모양대로 마법진을 그렸
다. 그 재료야 아공간 안에 가득했기 때문에 별다른 어려
움이 없었다. 그리고 마법진 자체도 워낙 단순해서 몇 번
지웠다 그렸다를 반복하다보니 금방 완성할 수 있었다.
그의 머릿속에 지난 번 센트룸과 나눴던 대화가 떠올랐
다.

"각성하다가 중간에 멈춰서 반푼이로 전락한 아이들 있지? 걔네들은 원래 정상적으로 진행 됐으면 각성을 했어야 하는 애들인데 그렇게 된 경우가 대부분이야. 왜 컴퓨터 사용하다 보면 간혹 시스템적인 오류가 발생해서 중간에 프로그램이 멈추는 경우가 있잖아. 그럴 때 너는 어떻게 하냐?"

"껐다가 다시 켜죠."

"그래! 바로 그거야. 그들이 각성하기 시작한 원래 그 상태로 다시 돌아가는 거지. 그럼 어지간한 경우는 알아서 각성하게 되는 거지. 어때? 쉽지?"

"그, 그게 그렇게 간단한 거였습니까?"

"원리야 따지고 보면 간단하지만 그걸 간파하는 일은 쉽지 않아. 나 같은 천재 대마법사쯤이나 돼야 알 수 있지 에헴!"

"아하하하, 그, 그렇습니까?"

"그건 그렇고 너 저쪽 세상으로 돌아가면 여러 가지 어려운 일들을 만나게 될 텐데. 열손을 한손이 감당 못한다고 혼자서는 아무리 발버둥 쳐도 단체를 이기기 힘든 경우가 많아. 그런 경우 네가 믿고 의지할 만한 수하들이 있다면 어떻겠어?"

"좀 더 수월하겠죠?"

"그것뿐이겠냐? 아무튼! 내가 방법을 알려줄 테니까 가서 반푼이들과 계약을 맺어서 네 수하로 삼는 거야. 으흐흐흐 온전히 각성하게 될 이들을 싼값에 마음껏 부리는 거지. 일명 각성자 군단! 이거면 세계 정복도 멀지 않다니까. 크크크크크."

마치 세계 정복을 노리는 마왕처럼 음침하게 웃던 센트룸의 모습을 떠올린 유건이 피식 웃음을 터트렸다. 어딘지 모르게 조금 모자란 것 같았지만 자신에게 알게 모르게 많은 도움을 준 사람이었다. 정말 세계 정복을 노리라고 준 건지는 모르겠지만 아공간에는 계약용 스크롤과 마법진에 사용될 재료들이 잔뜩 쌓여 있었다.

자신의 주변을 둘러싸고 있던 마법진에서 은은한 빛이 흘러나오자 한동욱이 당황한 얼굴로 유건을 바라보았다.

"이, 이거 안전하긴 한거죠?"

스텝 요원에 불과한 그가 마법진을 경험해 봤을 리는 만무했으니 생소한 광경에 그가 불안해 할만도 했다.

"음, 그럴걸? 아마도……."

"에? 아, 아마도요?"

"나도 처음 해보는 거라서."

"엑? 자, 잠깐만요. 우악!"

당황한 한동욱이 자리에서 일어서려는 찰나 마법진이

활성화됐다. 순간 전기에 감전되기라도 한 것처럼 몸이 뻣뻣하게 굳어진 한동욱이 눈만 데굴데굴 굴려가며 유건을 쳐다보았다.

"그러게 앉아 있으랬잖아. 끝날 때까지 그렇게 있어야 한다니까 뭐~ 고생 좀 해라."

간절하게 쳐다보는 한동욱의 눈빛을 무시한 채 근처 바위에 걸터앉은 유건이 저쪽에서 봤던 하늘과 달리 매연으로 가려져 별빛하나 제대로 보이지 않는 밤하늘을 바라보았다.

"다들 잘 계시려나?"

·　∴　·

그로부터 두 시간 정도 지났을 무렵 주변을 환하게 밝히던 마법진의 불빛이 점차 잦아들기 시작했다.

"응? 벌써 끝난 건가?"

대충 반나절 정도 걸린다고 했었는데 생각보다 그가 각성하는데 걸리는 시간이 짧았다.

마법진의 불빛이 완전히 사그라졌음에도 불구하고 한동욱이 멍한 얼굴을 한 채 한동안 그대로 멈춰서있었다.

"가, 각성이."

"왜? 뭐가 잘못됐어?"

사실상 마법에 관해서 아는 것이 별로 없는 유건으로서는 센트룸이 알려준 방법이 뭔가 잘못됐나 싶어 의아한 얼굴로 물었다.

"아, 아닙니다. 성공했어요. 성공했다고요! 와우! 우하하하! 나도 이젠 온전한 각성자다! 더 이상 반푼이가 아니라고!"

미친 듯이 방방 뛰며 소리를 질러대는 그의 모습에 유건이 피식 웃음을 터트렸다.

'저렇게 좋을까?'

처음부터 적응자라는 특별한 존재로서 각성하게 된 유건으로서는 그런 그의 심정을 온전히 이해할 수 없었다.

일반인도 아니고 그렇다고 이능을 온전히 각성한 각성자도 아닌 애매한 위치에서 정식 요원들의 뒤치다꺼리나 하면서 지내던 한동욱에게 있어서 지금의 기분은 뭐라고 표현할 수 없을 만큼 환상적이었다.

미래가 암울하고 소망이 없는 자들이 다시 꿈을 꿀 수 있게 된다면? 분명 세상을 다 얻은 기분일 터였다.

유건은 기분이 좋아 어린아이처럼 펄쩍 펄쩍 뛰어다니는 한동욱의 모습을 말없이 지켜봤다. 기쁨의 순간을 조금이나마 더 만끽할 수 있도록.

보통 일반적인 이능력자들처럼 한동욱 또한 온전히 각성한 순간 자신의 능력을 분명하게 인지할 수 있게 됐다.

한동욱이 각성하게 된 이능은 이를 각성한 수많은 이들 중에서도 그 수가 극히 희박하다는 마법계열이었다.

"마법 계열을 각성했다고?"

"네. 가드에서 발행하는 기본 지침서에 따르면 저는 마법 계열 중에서도 드물다는 만능계인 것 같습니다."

"그게 뭔데?"

유건이 언제 가드에서 발행하는 기본 지침서를 읽어 봤겠는가? 고개를 갸웃거리며 묻는 유건에게 한동욱이 환하게 웃는 얼굴로 설명했다.

"좋게 말하자면 만능계고 나쁘게 말하자면 어중간한 계열이죠. 마법계는 크게 공격계와 방어계 그리고 보조계로 나뉘는데 만능계는 이 중 어느 계열로도 발전할 수 있는 능력자들을 가리키는 말입니다. 대표적인 마법사로는 코드네임 퍼스트 메이지(First Mage) 유현진님이 계시죠. 솔직히 말하면 그분 때문에 만들어진 계열이기도 하지요. 그분은 세 가지 모두 잘 다루시거든요."

"아무튼 쉽게 말하면 모든 마법 계열을 능수능란하게 사용할 수 있다는 거지? 잘못 하면 이도 저도 아닌 어정쩡한 상태로 남을 수도 있고?"

"네, 맞습니다."

"호오~ 너 보기보다 제법 능력 있었구나?"

"아하하하하, 이게 다 유건 형님 덕분입니다."

"에? 내가 왜 형님이야? 너 몇 살인데?"

"저 올해 스물아홉입니다."

"엑? 그 얼굴에? 아무리 적게 봐줘도 서른 중반은 돼 보이는데?"

"그, 그게 어릴 때 한약을 잘못 먹어서."

"뭔 늙어 보이는 애들 레파토리는 십년이 지나도 변하질 않냐. 그냥 원래부터 늙어 보인다고 그래. 구차하다야."

"쩝, 알겠습니다."

쓸쓸한 얼굴로 입맛을 다시는 한동욱에게 다가간 유건이 그의 어깨를 다독이며 말했다.

"그래도 이능을 각성하게 되면 노화가 더뎌진다잖아. 너무 그렇게 상심하지 마. 이 형님이 너 각성한 기념으로 선물하나 해줄 테니까."

"선물이요?"

의아하게 쳐다보는 한동욱에게 건네줄 선물을 찾기 위해 아공간에 손을 넣고 한참을 뒤적거리던 그가 이내 길이가 일 미터는 되어 보이는 은빛 스태프를 꺼내 그에게 던졌다. 별다른 문양이나 장식이 없는 얼핏 보기에도 그리 특별해 보이지 않는 그런 스태프였다.

얼떨결에 이를 받아든 한동욱이 유건을 쳐다봤다.

"마력을 증폭시켜주는 스태프야. 그곳에서는 개나 소나

267

다 가지고 있다던데 유독 여기에서는 찾아보기 힘든 물건이라더라. 그러니 남한테 들키지 말고 잘 사용하도록 해. 길이도 자유자재로 조절 가능하고 어지간해서는 망가지지도 않는다니까."

끝부분에 붉게 빛나는 이름 모를 돌이 박혀있고 은빛으로 반짝 거리는 스태프를 살펴보던 한동욱이 감격스러운 얼굴로 연신 고개를 숙였다.

"감사합니다. 형님! 정말 감사합니다. 정말, 죽을 때까지 형님으로 모시겠습니다. 이 은혜를 어찌 갚아야할지."

유건은 단지 자신의 아공간 속에 센트룸이 넣어준 물건들 중에 마법에 관련된 물품을 찾아 건넸을 뿐 저 스태프가 얼마만큼의 가치를 지닌 물건인지 전혀 몰랐다.

현재 이 세상에서 공식적으로 확인된 마법사 전용 스태프는 총 삼십 여점. 그중에서 마력을 증폭하는 기능을 가진 것은 퍼스트 메이지인 유현진이 지니고 있는 '피닉스의 날개(Phoenix' s Wing)' 이외에 단 두 개만이 그 존재가 추가로 확인 된 상태였다. 이는 마법사들에게 있어서 목숨과도 바꿀 수 없는 더없이 귀한 아티팩트였다.

'저게 그렇게 좋은 거였나?'

센트룸은 별거 아니라는 듯이 아공간에 던져 넣어줬을 뿐 이에 대한 특별한 부연 설명은 전혀 하지 않았었다. 그도 그럴 것이 현재 센트룸이 거하고 있는 그쪽 세계에서는 흔하디흔한 그런 아티팩트중 하나일 뿐 딱히 특별한 점을 찾기 힘든 그런 마법 도구였기 때문이었다.

'설마, 진짜로 군단을 만들라는 뜻은 아니겠지?'

가만히 생각해 보면 어지간한 숫자정도는 충분히 무장시킬 정도의 각종 마법 무구들이 그의 아공간에 가득했다.

굳이 필요하겠냐는 물음에 있어서 나쁠게 뭐 있냐며 이것 저것 잔뜩 집어 넣어주던 센트룸의 모습을 떠올린 유건이 고개를 흔들어 상념을 털어냈다.

유건이 그런 생각을 하고 있을 때 한동욱은 딱히 계약서 때문이 아니더라도 자신을 각성시켜준 것도 모자라 돈을 주고도 구하기 힘든 유니크한 마법 도구까지 선물해준 유건을 죽을 때까지 따르기로 굳게 다짐했다.

이런 그의 마음을 아는지 모르는지 천연덕스러운 얼굴로 머리를 긁적이던 유건이 말했다.

"어~ 춥다. 감기 걸리기 전에 얼른 내려가자."

그런 그의 뒷모습을 멍하니 바라보던 한동욱이 헛웃음을 흘려가며 그를 따라 산을 내려갔다.

"형님, 같이 가요."

"야, 달라붙지 마! 사내자식이 징그럽게 왜 자꾸 달라붙어."

"아하하하, 좋아서 그런 걸 가지고 구박하고 그러십니까? 섭섭하게."

"안 떨어져? 확 그냥 날려버린다?"

"에이~ 형님도 참. 가시는 길에 치맥이나 같이 하시죠. 제가 잘 하는 집 하나 알고 있는데."

그의 말이 들리기 무섭게 유건의 고개가 홱하고 돌아갔다.

"그래? 어딘데? 여기서 멀어?"

"요 근방입니다. 가까워요. 거기 치킨 양념이 아주 예술입니다."

오랫동안 치킨의 냄새도 맡아보지 못한 유건의 입에 침이 가득 고였다.

"커흠흠, 그럼 네가 하도 간곡하게 부탁하니 한번 가보도록 할까?"

"아하하하, 역시 형님께서는 마음이 바다와도 같으십니다."

"새끼, 아부는~ 쓸데없는 소리 하지 말고 앞장서서 길이나 안내해."

"넵! 저만 따라 오십시요."

"꺼억~ 으~ 속이 영 더부룩하네. 너무 많이 먹었나?"

밤새도록 부어라 마셔라 하며 치킨 열 마리까지 먹어 치웠던 유건이 연신 트림을 해가며 번호키를 눌렀다.

번호키는 일반적인 잠금 도구처럼 보이지만 사실은 결계의 중추적인 역할을 하는 마법 도구였다.

네 사람이 모여 살던 주택에는 유건도 모르는 사이에 펼쳐진 여러 가지 마법들이 있었다. 전에는 모르고 넘겼던 마법의 파장을 이제는 어느 정도 피부로 느낄 수 있었다.

그가 번호를 누르는 동안 차가운 느낌이 드는 마나가 그의 몸을 훑고 지나갔다. 만약 번호를 잘못 누르거나 등록되지 않은 사람이라고 판명되었다면 그 즉시 공격적으로 변했을 터였다.

안으로 들어선 유건을 제일먼저 반긴 건 앞치마를 두르고 있는 하루나였다.

"어머? 유건씨?"

"그간 잘 지내셨어요?"

"물론이죠. 휴가에서 언제 돌아온 거예요? 몸은 좀 괜찮아요?"

소파에 앉은 유건에게 시원한 아이스티를 만들어서 건넨 하루나가 맞은편에 걸터앉으며 말했다.

"아, 어제 돌아왔어요. 몸은 뭐~ 괜찮습니다. 워낙 튼튼하잖아요."

일부러 알통을 만들어 보이며 너스레를 떠는 유건의 모습에 가볍게 웃음을 터트린 그녀가 별다른 말없이 웃으며 그를 반갑게 맞아주었다. 분명 묻고 싶은 게 많을 텐데도 그녀는 아무것도 묻지 않았다.

'처음 왔을 때만 해도 어색했는데 이제는 여기가 집 같구나.'

그렇게 하루나와 이런 저런 대화를 나누고 있는 사이 문이 열리며 철환이 집으로 들어섰다.

"여~ 애송이. 휴가 다녀왔다더니 제법 신수가 훤해졌다?"

일어나서 그에게 인사를 한 유건이 가볍게 웃으며 말했다.

"역시 그렇죠? 하하하하, 휴가 다녀오길 참 잘한 것 같습니다. 그 좋은 걸 안 갔으면 어쩔 뻔 했어요?"

그런 유건의 모습을 빤히 쳐다보던 철환이 피식 웃으며 그의 어깨를 두드렸다.

"이젠 제법 애송이 티를 벗었구나? 잘 왔다."

"감사합니다."

철환은 그간 어떤 일이 있었는지 묻지 않았고 유건은 그런 그에게 자애원을 도와준 일에 대해 언급하지 않았다.

잠시 독대를 청한 유건이 자신과 마주한 철환에게 아공간에서 긴 장검을 꺼내 그에게 건넸다.

그가 아공간을 소환하는 모습에 잠시 이채를 띠던 철환의 눈이 검을 보자마자 부릅떠졌다.

"이…… 이건?!"

"태환 형님께서 전해달라고 부탁하신 물건입니다. 그리고……."

유건이 뭐라 말을 더 전하기 위해 잠시 말을 고르다 말고 그대로 입을 다물었다.

떨리는 손길로 천천히 검집을 어루만지는 철환의 모습에 굳이 말을 보탤 필요를 느끼지 못했기 때문이었다.

"고맙다. 유건."

"별말씀을요."

"잠시 혼자 있게 해주겠나?"

"물론이죠. 그럼 먼저 내려가 있겠습니다."

유건이 조심스럽게 문을 닫고 나갔다. 혼자 남은 철환의 눈에 뿌옇게 습막이 차올랐다.

일층으로 내려온 유건이 식사 준비를 하고 있던 하루나와 이런 저런 대화를 나누고 있던 사이 하루나의 연락을 받은 성희가 헐레벌떡 뛰어 들어왔다.

"유건 오빠?"

"여~ 우리 성희 그동안 상당히 예뻐졌네? 못 알아보겠는 걸?"

"오빠!"

금방이라도 울 것 같은 얼굴을 한 성희가 유건을 향해 몸을 날리듯 안겨들었다.

"어린 애처럼 울기는? 내가 어디 전쟁터라도 다녀왔냐? 누가 보면 이산가족 상봉하는 건줄 알겠다 야."

"흑흑흑흑, 다시는 못 보는 줄 알았단 말이야."

그의 가슴을 때려가며 한참을 울어대던 성희가 잠시 후 그를 밀어내며 눈물을 닦아냈다.

"쳇, 아무것도 모르는 멍청한 오빠 같으니라고."

"에? 뭘 모르고 뭐가 멍청하다는거야?"

"몰랏! 바보 오라버니야. 나 씻고 내려올 테니까 반성하고 있어."

혀를 쭉 내밀고는 자기 방으로 뛰어 들어간 성희의 뒷모습을 멍하니 바라보고 있던 유건이 설명을 요구하는 눈빛으로 웃고 있는 하루나를 바라봤다.

"후훗, 유건씨가 돌아와서 무척이나 기쁜가 봐요. 그동안 얼마나 노력했다고요. 다음번엔 꼭 자기가 유건씨를 지켜줄 거라면서."

"아……."

왠지 모르게 마음 한구석이 따뜻해지는 기분이었다. 뭔지는 잘 모르겠지만 누군가에게 소중히 여겨지고 있는 느낌? 저쪽 세계로 건너가고 나서야 깨닫게 된 감정이었는데 이곳에 돌아와서도 다시금 느끼게 될 줄은 몰랐다.

자신의 누이에게 적응자가 된 것을 밝히지 못하는 것도 사실은 그런 자신의 변해버린 모습을 보고 그녀가 떠나버릴 지도 모른다는 두려움이 있었기 때문이었다.

　적응자인 자신의 존재를 알고도 예전과 다름없는 모습으로 자신을 대해주는 사람들.

　유건은 그제야 비로소 그냥 몸만 머무르던 거처(House)가 아닌 진짜 자신의 집(Home)에 돌아온 기분이 들었다.

#8. 롱기누스의 창(Spear of Longinus)

NEO MODERN FANTASY STORY

적응자

#8. 롱기누스의 창(Spear of Longinus)

중앙에서 펼쳐지는 격렬한 대련에 빙 둘러앉아 있는 요원들의 벌어진 입이 다물어지지 않고 있었다.

"차하압!"

터어엉!

강렬한 기합소리와 함께 공기가 터져나가는 굉음이 울려 퍼졌다.

"쳇!"

자신이 준비했던 회심의 일격을 상대가 너무나 손쉽게 상쇄시켜버리자 급히 뒤로 몸을 날린 유건의 얼굴에 다급함이 서렸다.

큰 기술을 쓴 뒤에는 반드시 빈틈이 드러나는 법. 여지없이 그 틈을 타고 파고든 노인의 주름진 손이 유건의 복부를 가격했다.

퍼억!

"크윽!"

온 몸을 산산이 부서 버리는 것 같은 강렬한 통증에 아스라이 멀어져가는 의식의 끈을 놓지 않기 위해 안간힘을 쓰던 유건이 멀찌감치 물러서서 숨을 골랐다.

"허허허허, 고놈 참 물건이로고."

노인이 그런 유건의 모습을 바라보며 기분 좋은 듯 연신 너털웃음을 지었다. 그의 정체는 무신(武神)이라고 불리는 권승혁이었다.

"더 하겠느냐?"

"물론입니다! 하압!"

그 짧은 시간에 모든 충격을 회복한 유건이 처음과 같은 몸놀림으로 무신을 향해 쇄도했다.

그의 손과 발은 물론 어깨와 머리 무릎을 동원한 매서운 공격들이 쉬지 않고 이어졌다.

뒤로 조금씩 물러서며 그런 유건의 공격을 침착하게 받아넘기는 권승혁의 눈빛이 깊이 가라앉았다. 그도 그럴 것이 그가 펼치는 치명적인 공격들이 그리는 투로가 너무나도 익숙했기 때문이었다.

'심의육합권이라……'

그 치명적인 공격들에게서 그리운 옛 향기가 풍겨났다.

"허헛! 보면 볼수록 놀라운 녀석이로구나."

폭발하는 화산처럼 밑에서부터 솟구치는 유건의 무릎을 가볍게 내리 누른 권승혁이 한발을 앞으로 내디뎠다.

쿠웅!

바닥에 맞닿은 그의 발에서 둔중한 울림이 생겨났다. 그리고 힘의 작용으로 인해 앞으로 쏠린 유건의 몸을 향해 성큼 다가섰다.

터엉!

"컥!"

권승혁의 어깨에 부딪힌 유건이 가는 핏줄기를 내뿜으며 한참을 뒤로 날아갔다. 유건의 그것과 거의 흡사한 몸짓. 무신의 몸에서 구현되는 진정한 심의육합권이었다.

"제, 젠장……."

비록 잠시뿐이긴 했지만 유건은 일순간 손가락 하나 까딱 할 수가 없었다. 무신과 같은 절대의 고수를 상대로 이런 찰나의 틈은 치명적이었다.

아나나 다를까 벌어진 거리를 단숨에 좁히며 한걸음에 다가온 권승혁의 몸이 세차게 회전했다. 단순한 대련이 아닌 처음으로 맛보게 되는 무신 권승혁의 진심이 담긴 일격이었다.

그와 잠시 눈이 마주친 유건이 다가올 충격에 대비했다.

터엉!

"!"

사람의 몸에서 난 소리라고는 믿을 수 없을 만큼 강렬한
울림이 대련장을 가득 채웠다.

믿을 수 없을 만큼 강렬한 충격에 인간의 범주를 한참
벗어난 유건의 육체가 비명을 질렀다. 수많은 이능력자들
이 우후죽순 생겨났음에도 불구하고 어째서 그가 무신이
라 불리며 최고의 위치를 유지하고 있는지를 알게 해주는
묵직한 일격이었다.

대련에 임하는 순간부터 날카롭게 벼려져 있던 유건의
신경이 나른하게 풀어졌다.

'아…… 왠지 기분이 좋은 걸?'

엉뚱한 생각을 하던 유건이 바닥에 대자로 누운 채로 숨
을 가늘게 몰아쉬었다.

'허~! 이걸 버텨내?'

기분 좋은 웃음을 머금은 채 바닥에 누워 숨을 고르고
있는 유건의 모습을 바라보던 권승혁의 눈에 놀라움이 서
렸다.

"수고하셨습니다."

어느새 가까이 다가온 김철환이 노인을 향해 공손히 인
사하며 수건을 내밀었다.

"제법 잘 단련시켜 놨구나. 그 짧은 시간에 용케도 이 정

도까지 다듬어놨어. 조금 투박하고 거칠기는 하지만 그것
도 나쁘지 않지."

"과찬이십니다."

공손히 고개를 숙이는 그를 지그시 쳐다보던 권승혁이
기분 좋은 웃음을 지으며 말했다.

"허허허허, 때로는 누군가를 지도하는 가운데 자신이
간과했던 점들을 발견하게 되기도 하지. 보아하니 좋은 일
이 있었던 게로구나."

"앞을 가로막고 있던 벽 하나를 넘었을 뿐입니다."

"허허허허, 좋구나 좋아. 앞서거니 뒤서거니 하며 함께
달려가다 보면 어느새 정상이 눈앞에 보이게 될게다. 부디
중심을 잃지 말거라."

"명심하겠습니다."

"그래. 그럼 됐다."

몸을 돌려 걸어가는 그를 향해 공손히 인사한 철환이 고
개를 들어 몸을 일으켜 바닥에 주저앉아 있는 유건의 모습
을 바라보았다.

유건은 방금 전의 대련을 되짚어 보기라도 하듯이 허공
에 이리 저리 손을 움직여 가며 고개를 갸웃거리고 있었다.

욱신.

어제 있었던 대련에서 그에게 일격을 허용했던 가슴어
림에서 아릿한 통증이 느껴졌다.

"훗. 이젠 더 이상 애송이라고 부르지는 못하겠군."

선대 적응자들이 있는 곳으로 휴가 아닌 휴가를 다녀온 유건의 실력은 괄목상대라는 말이 부족할 만큼 놀랍게 성장해 있었다.

하루 두 번 하루나와 철환이 번갈아 그를 상대했는데 전과 달리 적극적으로 달려드는 유건으로 인해 도리어 상대하는 그들이 지칠 지경이었다. 대련의 시간을 통해 유건은 마른 스펀지가 물을 흡수하듯이 두 사람이 쏟아내는 온갖 절기들을 게걸스럽게 먹어치웠다.

뼈를 깎는 고련을 통해 오랜 시간 공을 들여 터득한 절기들이 상대의 손에서 곧바로 재현되는 모습을 지켜보는 모습을 지켜보는 두 사람은 무척이나 곤혹스러웠다.

지칠 줄 모르고 달려드는 유건의 모습은 마치 며칠은 굶주린 야수를 보는 것만 같았다. 게다가 뼈를 내주고 뼈를 취하라는 철환의 가르침을 적극적으로 수용해 일반인으로서는 상상도 할 수 없는 기발한 방법으로 반격해오는 유건의 일격에 가슴이 서늘해질 때가 한두 번이 아니었다.

멀티태스킹 능력을 각성한 하루나는 더 이상 유건을 만만한 상대로 여길 수 없었다. 한 번에 수십 수백 가지의 정보를 받아들여 이를 처리해내는 그녀의 무시무시한 능력은 무인으로서 더할 나위 없을 만큼 탁월한 이능이었다.

그러나 그녀의 예상을 훨씬 뛰어넘는 유건의 능력은 때때로 그녀의 이능의 범주를 벗어난 위력을 보여주었다. 이를 증명하기라도 하듯이 두 사람의 대련을 지켜보고 있던 그녀의 오른쪽 팔에 간이 깁스가 둘러져 있었다.

무신(武神)이라고 불리는 권승혁의 얼굴에서 땀이 흐르게 할 수 있는 인물은 최강의 멤버로 구성되어 있는 이곳 대한민국 가드 지부내에서도 손꼽을 정도였으니 유건의 실력이 얼마나 늘었는지는 굳이 설명하지 않아도 충분할 정도였다.

그런 그가 진심으로 내지른 일격을 버텨낸다? 대련장에서 두 사람의 대련을 지켜보고 있던 모두의 뇌리 속에서 유건이라는 존재에 대한 평가가 달라졌다. 이러한 정보는 곧 여러 경로를 통해 퍼져나가게 될 터였다.

그런 그를 바라보고 있는 박태민의 눈에 순간 차가운 살기가 스쳐지나갔다. 잠시 후 평소의 모습을 회복한 그가 발걸음을 옮겼다.

상념에 빠져있는 철환을 향해 다가온 지부장 박태민이 그의 어깨를 가볍게 두드렸다.

"휘유~ 아주 괴물이 돼버렸군. 더 이상 애송이라고 부르기에는 너무 커버린 것 같네."

"음…… 아무래도 일반적인 능력자들하고는 근본적인 부분부터가 많이 다르니까."

"그런가? 아무튼 저 정도면 충분히 이번 작전에 참여할 수 있겠네."

박태민의 말에 철환이 이채를 띠며 그를 돌아봤다.

"괜찮겠냐? 그렇지 않아도 애송이 녀석을 노리는 놈들이 많을 텐데?"

'네 녀석을 포함해서.'

뒷말을 속으로 삼킨 철환이 그런 내심과 달리 여느 때와 다름없는 모습으로 말을 건네는 태환을 바라보았다.

"훗, 그렇다고 언제까지 우리들 품에 싸고 돌 수는 없잖아."

"그것도 그렇군. 언제 출발이냐?"

"일주일 뒤."

"이것저것 준비하기엔 조금 빠듯하겠네. 이번엔 누가 같이 가지?"

"제임스가 이 주전부터 미리 그곳에 나가서 활동하고 있으니 가서 만나면 될 테고 일단은 너희 집 사람들 모두?"

"하루나는 그렇다 치고 그 아이까지? 아직은 조금 위험하지 않겠냐?"

우려 섞인 철환의 물음에 박태민이 우스꽝스러운 표정을 하며 손가락을 흔들었다.

"잊었나본데? 그 아이 S급 능력자다. 그동안 훈련을 통해 보고된 결과만 봐도 어지간한 능력자들은 상대도 안 될 걸? 그리고 네가 자리를 비우는 이상 그곳에서 보호한다는 것도 사실상 의미가 없어지니까. 아니 이제는 더 이상 보호라는 말이 불필요할지도 모르겠군."

"그렇군. 알았다. 준비하지."

"그래 수고해라."

박태민을 향해 가볍게 손을 흔들어 보인 철환이 연무장을 빠져나왔다.

'최근에 그 녀석이 안 보인다 했더니 미리 나가 있었나 보군.'

그렇지 않아도 매번 달려들어 청염과 자신의 화염 중에 어떤 게 더 뜨거운지 재보자며 귀찮게 굴던 친구 녀석이 보이질 않아서 의아해 하던 중이었다.

지부 내에서 최상위 권에 해당하는 자신과 제임스, 거기다가 하루나까지. 이정도면 어지간한 몬스터 정도는 충분히 상대할만한 전력이었다. 거기다가 S급 능력자인 성희와 적응자인 유건까지 합류한다면 모르긴 몰라도 전 세계에 퍼져있는 많은 단체들의 이목이 자연스럽게 그들에게로 쏠리게 될 터였다.

가볍게 이야기 하며 넘어가긴 했지만 섣부른 판단으로 이런 결정을 내리진 않았을 터. 이번 여정이 자신의 생각보다 좀 더 힘들지도 모르겠다는 불길한 예감이 들었다.

운명의 그날 이후 중국 대륙에서 숫자를 불린 오크 무리의 남하로 인해 북한 주민의 대부분은 제대로 저항조차 해보지 못한 채 몰살당하고 말았다.

북한 주민들을 식량으로 삼아 더욱 숫자를 불린 녀석들이 휴전선을 향해 미친 듯이 몰려 내려왔다.

전 세계 그 어느 곳과 비교해보더라도 대한민국과 북한을 구분 짓고 있는 휴전선만큼 화력이 밀집되어 있는 곳은 드물었다.

매설되어 있는 지뢰를 몸으로 해체해가며 남하하는 녹색의 물결에 남한의 군 지도부들은 경악을 금치 못했다. 그러나 그러기도 잠시 첫 날 만큼은 그 압도적인 화력으로 수를 헤아릴 수 없을 만큼 많은 오크 군단을 막아내는데 성공했다.

그러나 손가락에 쥐가 날 만큼 총의 방아쇠를 잡아당기던 군인들은 평생 잊을 수 없는 광경을 목도하게 되고야 말았다. 죽어서 나뒹굴던 놈들이 모조리 되살아난 것이었다.

오크 군단이 북한 주민들을 모조리 말살시킨 이후 휴전선을 단 삼일 만에 돌파하고 남한으로 밀려 내려올 수 있었던 것은 더 블랙의 열 두 사도들 중 '죽음의 사도'라 불리는 네크로맨서 토트(Tod)가 죽은 몬스터들과 그들에 의해 죽임을 당한 사람들의 시체를 다시 살려냈기 때문에 가능한 일이었다.

이때 혜성처럼 등장한 퍼스트 메이지(First Mage) 유현진의 활약으로 그를 패퇴시킬 수 있었고 단숨에 북한 영토를 수복, 현재의 중국 국경 내에 설치된 방어선을 구축할 수 있었다.

현재는 코드명 아이스 에이지(Ice Age) 강지환이 그 방어선을 지켜내고 있는 중이었다.

"……해서 내일 아침 지환이 녀석이 버티고 있는 방어선을 지원하기 위해 출발한다. 질문?"

가볍게 이번에 맡게 된 임무에 대해 설명한 철환이 자신을 바라보고 있는 이들을 둘러보며 물었다.

"말해봐."

손을 든 유건을 향해 철환이 고갯짓을 했다.

"정확하게 저희가 해야 할 일이 뭡니까?"

"그건 그곳에 도착하고 나면 자연스럽게 알게 될 거다. 다음?"

"얼마 정도 걸릴까요?"

조심스럽게 물어보는 성희를 향해 철환이 미간을 살짝 찌푸리며 말했다.

"그건…… 나도 잘 모른다. 경우에 따라서 얼마든지 길어질 수 있는 일이라."

"아, 예······."

주변을 둘러보며 더 이상 다른 질문이 없다는 것을 확인한 철환이 가볍게 손바닥을 치며 말했다.

"그럼 이만 해산! 내일 아침 일찍 출발해야 하니까 일찍 자라."

"흐응~ 간식은 뭐로 준비 할까나? 성희양? 나 좀 도와줄래요?"

콧노래를 부르며 자리에서 일어난 하루나가 성희와 함께 주방으로 향했다.

"유건, 이리 좀 앉아봐라."

덩달아 일어서던 유건이 철환의 부름에 그의 앞에 마주 앉았다.

"무슨 일로?"

"솔직하게 대답해라. 그날 일. 극복한 거냐?"

밑도 끝도 없는 물음에 유건이 순간 할 말을 잃고 그를 쳐다봤다. 그리고 그 뒤로 계속 이어지는 그의 진지한 눈빛에 가볍게 한숨을 쉬며 대답했다.

"하아~ 아마도 그건 평생 극복할 수 없는 일 일겁니다. 그걸 깨닫는 데만도 꽤나 오래 걸렸죠. 다만······."

"다만?"

"절대로 잊지 않고 살아갈 겁니다. 비록 괴롭다고 할지라도 그래야 한다고 생각했습니다."

"흐음…… 그래? 그럼 됐다. 아? 그리고."

유건의 대답이 만족스러웠는지 가볍게 웃은 철환이 자리에서 일어나다 말고 그를 돌아보았다.

"고마웠다. 그 검."

"아? 별말씀을요."

"검을 통해 전해 받은 형의 전언이 있었다."

"그런가요?"

"그래, 앞으로는 내가 널 도울 거다. 쉽지 않은 싸움이 되겠지. 거대한 가드라는 단체 내에 존재하는 파벌만 해도 수십 개는 되니까. 그 윗선이라는 게 과연 어디까지 닿아 있을지 지금으로서는 확신할 수 없다. 해서 박태민 그 녀석은 당분간 건드리지 않기로 했다. 하지만!"

단호한 철환의 말에 바닥으로 향했던 유건의 고개가 들렸다.

"때가 되고 충분한 확신이 생기는 즉시 몰아칠 테니 너무 걱정하지 마라. 아직 넌 잘 모르겠지만 비슷한 의문을 가진 이들이 모여 만든 친목 단체가 하나 있다. 면면을 보면 친목 단체라고 말하는 게 우스워질 정도긴 하지만…… 분명 네게 힘이 되어 줄 거다."

"감사합니다."

"그동안 제대로 신경써주지 못해 미안하다."

"아닙니다."

"그렇게 말해주니 고맙네. 그럼 먼저 올라간다. 일찍 자라. 그곳에 가게 되면 숙면을 취하기가 쉽지 않을 테니."

"네."

이곳으로 돌아오기 전 죽기 직전까지 자신을 두들겨 패다가 바닥에 누워있던 그에게 태환이 했던 말이 떠올랐다.

'철환이 그 녀석이 어지간한 일에는 별 관심을 안두는 편이라 아마 모르긴 몰라도 유건이 너와 관련된 일련의 사건에 대해서도 자세히 알아보려고 하지 않았을 거다. 일이 터지고 나서도 귀찮아서 어쩔 수 없이 나서는 모습이 눈에 선하네. 크큭. 하지만 한번 마음먹으면 끝장을 보는 성격이니까 돌아가게 되면 꼭 그에게 도움을 청해라. 한손으로 열손을 감당하기 힘든 만큼 혼자서는 한계가 있는 법이니까. 힘내라 애송이!'

먼저 계단을 올라가는 철환의 뒷모습이 그런 태환의 모습과 겹쳐보였다. 그 모습이 유건의 눈에 새삼스레 크게 다가왔다. 왠지 모르게 마음 한 구석이 따뜻해지는 기분이 들었다.

주방에서 간식을 준비하느라 두런두런 대화를 나누는 두 사람의 목소리가 들려왔다.

'아, 난 혼자가 아니구나.'

왠지 오늘 밤은 푹 잘 수 있을 것만 같았다.

                    *   ▼   *

콰아앙! 쾅! 쾅!

"이런 젠장! 포를 어디다가 대고 쏘는 거야? 야 이 새끼야 죽을래? 이성철이! 저 새끼 저대로 보고만 있을 거야?!"

"아, 아닙니다. 시정하겠습니다!"

이번에 새롭게 배치 받은 신병이 노도와 같이 밀려드는 녹색 군단의 위용 앞에 얼어붙은 나머지 K-12 마동포를 공중으로 발사해버리고 말았다.

한 번 발사할 마력을 충전하는데 한 시간이 넘게 걸리는 만큼 그 위력이 대단한 K-12 마동포를 신참이 엉뚱한 데로 날려버리자 동쪽 성벽의 섹터 B9을 맡고 있는 병장 박충배가 소리를 질러댔다.

뜨끔한 상병 이성철이 얼이 빠져있는 신참을 군화발로 밀어내며 급히 여분의 마력 베터리를 찾아 충전했다.

위이잉!

충분한 마력이 공급되자 K-12 마동포의 몸체가 밝은 빛을 뿜어내며 서서히 진동하기 시작했다.

"이거나 먹어라 이 새끼들아~아!"

퍼어어엉!

대기를 가르며 직선으로 한참을 날아간 푸른 에너지 덩어리가 바닥이 보이지 않을 만큼 빼곡하게 들어차 있는 오크 군단의 한 가운데 작렬했다.

스파앗!

극히 불안정한 상태의 마나를 한곳에 모아놓은 마동포의 위력에 신병의 눈이 튀어나올 듯이 부릅떠졌다.

이론으로 배울 때와 실전에서 적을 상대로 사용했을 때의 모습은 천양지차였다.

대략 100여 미터정도 되는 공간이 순식간에 일소되며 하얀 눈밭이 드러났다. 그러나 그도 잠시 그 빈 공간을 순식간에 채운 오크 군단이 괴성을 질러대며 성벽을 향해 달려들었다.

고대 고구려의 축성기술을 본따 마력로에서 가공된 강화 시멘트를 어마어마하게 들이 부어 만들어낸 토대 위에 새롭게 지어진 이 성벽의 이름은 '강철의 방패(Iron Shield)'이었다. 그 이름에 걸맞게 마학이 가미된 이후 그 강도가 몰라보게 달라진 강철 외벽에 빼곡히 새겨져 있는 마법진에서 연신 불빛이 번뜩였다.

대륙에서 반도로 진입하는 길목에 세워진 이후 하루가 멀다 하고 쏟아져 내려오는 몬스터들을 최전선에서 막아내고 있는 천혜의 요새였다.

끝이 보이지 않을 만큼 길게 이어져 있는 성벽 위는 성

벽이라고 부르기도 애매할 만큼 넓은 공간이 자리해 있었
고 그곳에는 이제는 구식으로 취급받는 각종 현대 무기들
과 마학이 결합되어 만들어진 새로운 무기들이 빼곡하게
거치되어 있었다.

"이런 시팔! 우리 담당 요원은 대체 어디에 가있는 거야?"

"그, 그게 조금 전에 식사하러 가신다고 하셨지 말입니다."

병장 박충배의 욕설에 상병 이성철이 더듬거리며 대답
했다.

"이 새끼들은 꼭 필요한 순간에 자리를 비운다니까?! 야
이 꼴통 새끼야! 제대로 조준한다음 날리라고. 너 같은 병
신 대갈통보다 비싼 게 마동포 베터리란 말이다! 에휴! 저
런 걸 신참이라고."

투덜거리던 그가 엄한 곳을 조준해 마동포를 쏴대는 신
참을 향해 욕지거리를 해댔다.

"제가 가보겠습니다. 너무 뭐라 하지 마십쇼. 첫날은 다
그렇지 않습니까? 헤헤헤헤."

겉으로 보기엔 성질이 더러운 고참이었지만 그 누구보
다 후임들을 아끼는 병장이라는 걸 잘 알고 있기에 이성철
이 헤실 거리며 그를 달랬다.

"첫날이라고 누가 알아주기나 한데냐? 저거 저렇게 어
리바리하게 굴다가 죽기라도 하면 그 부모 대면은 누가 하
는데? 에이 시팔. 입맛이 더럽게 쓰네."

일반적으로 전투 중 사망한 대원들의 뒤처리는 장교들이 하게 되지만 그 시신을 찾으러 온 부모들을 안내하는 역할은 담당 분대장이 하게 되어 있었다.

얼마 전에도 새로 들어온 지 얼마 안 되는 신입이 마동포의 반동에 튕겨져 나가 성벽 아래로 떨어지는 바람에 시체조차 건지지 못한 일이 있었다.

녀석의 유품을 끌어안고 한참 동안 숨죽여 울던 그의 누이를 안내했던 기억을 떠올린 박충배가 가래침을 뱉어내고는 다시금 거치되어 있는 KS-9을 들어 어깨에 견착시켰다.

병장 박충배의 보직은 저격수. 그는 이곳 전선에서 일반인으로서 보기 드물게 저격의 보직을 맡게 된 탁월한 재능을 가진 병사였다.

바렛을 베이스로 해서 마학을 결합해 만들어진 놀라운 위력의 대물 저격용 소총 KS-9의 총구가 퍼런 불꽃을 뿜어냈다.

그 순간 멀리서 달려오던 거대한 체구의 몬스터의 머리가 그대로 터져나갔다. 녀석의 머리 중앙에 자리한 거대한 외눈을 조준해 마법적인 처리를 거친 탄환을 쏘아낸 그가 입에 물고 있던 담배를 뱉어낸 뒤 새 담배를 꺼내 불을 붙였다.

"시발. x같은 세상이구만."

그의 눈에 상병 이성철의 지도를 받아 이전에 비해 월등하게 나은 솜씨로 방아쇠를 당겨대는 신참의 앳된 얼굴이 들어왔다.

고향에서 자신이 돌아오기만을 기다리며 매일같이 마을 어귀에서 서성거리고 있을 막내 동생이 떠올랐다.

제대까지 앞으로 두 달. 악착같이 살아남으리라고 굳게 다짐한 그가 다시금 총을 들었다.

"엎드려!"

포물선을 그리며 날아드는 거대한 불덩어리를 발견한 중사가 커다란 고함을 지르며 벽에 몸을 가져다 붙였다.

퍼어엉!

세 겹으로 중첩되어 있는 방어막이 대부분의 공격을 막아내긴 했지만 자잘하게 남겨진 불덩어리들이 성벽 안으로 우박처럼 쏟아져 내렸다. 운이 없는 경우 이러한 파편에 얻어맞아 죽는 일도 종종 발생했다.

"이런 시팔! 대체 저 오크 마법사 새끼는 뒈지지도 않냐!"

그의 말처럼 전선의 뒤에서 가끔씩 모습을 드러내 위력적인 마법들을 난사하는 오크 샤먼의 존재는 일반 병사들에게 있어서 재앙과도 같았다.

얼마 전에는 전역을 삼일 앞두고 돌아갈 꿈에 부풀어 있

던.병장 하나가 녀석이 쏘아낸 마법의 파편에 맞아 식물인
간이 된 적이 있었다. 이처럼 일반 병사들의 원성이 자자
한 녀석을 처치하려는 시도가 수차례 있었지만 가드 요원
들이 녀석을 노린 채 쇄도할라 치면 귀신같이 알고 후방으
로 몸을 숨기는 영악한 녀석이었다.

퍼억!

그 순간 주름진 얼굴로 흉악하게 웃어대던 녀석의 머리
가 핏물을 뿌려대며 공중으로 치솟았다.

"유건! 하루나! 길을 뚫어라!"

"네!"

"넵!"

포탈을 타고 이동한 유건의 일행이 모습을 드러낸 곳은
성벽에서 10km정도 떨어진 허허벌판이었다.

은밀하게 성벽을 향해 이동하던 중 마법을 난사하는 오
크 샤먼의 모습을 발견한 철환이 순식간에 공간을 격하고
달려들어 녀석의 목을 날려버린 것이었다.

덩달아 전투에 참여하게 된 일행들은 철환의 지시에 따
라 성벽으로 향하는 길을 뚫어내기 위해 연신 손발을 놀려
야 했다.

앞만 보고 달려가던 오크 무리들은 뒤쪽에서 발생한 소
란에 제때 대응하지 못했다.

"숙여!"

주변에서 달려들던 오크 무리들을 상대하던 하루나와 유건이 철환의 외침에 다급히 허리를 숙였다.

"칼바람(劍風)!"

쇄애액!

날카로운 소성과 함께 철환이 휘두른 검에서 만들어진 바람의 칼날이 사방으로 날아가 오크들의 허리를 양단했다. 걸리는 족족 모조리 잘라버리는 위력적인 한 수에 그를 중심으로 반경 십여 미터 내에 있는 모든 오크가 달려들다 말고 멈칫거렸다.

철환의 손에 들려있는 고풍스러운 신검. 풍신(風神)이라 불리는 검에 잠재되어 있는 놀라운 힘이었다.

검이 보여준 자신의 예상을 한참이나 뛰어넘는 놀라운 위력에 철환이 검을 든 손을 들어 시리게 빛나는 검신을 눈으로 훑었다.

'가볍게 휘둘렀건만 이런 위력이라니…… 생각보다 거친 녀석이군.'

"위험해요!"

날카로운 외침에 고개를 든 철환의 눈앞에 거대한 몽둥이가 날아들었다. 그 잠깐 사이에 은밀하게 뒤에서 접근한 오크 워리어의 일격이었다. 일반적인 오크들에 비해 배는 몸집이 큰 녀석의 움직임은 보기보다 날렵했다.

"흥!"

가볍게 코웃음을 날린 철환이 풍신을 들어 수직으로 그어 내렸다. 몽둥이와 함께 양단된 오크 워리어가 믿을 수 없다는 눈빛을 한 채 무너져 내렸다.

"최단거리를 향해 달린다! 성희 배리어를!"

"네! 알겠어요."

두근거리는 심장의 고동을 느끼며 성희가 차분하게 이능을 발현시켰다.

코드명 Sacred Guardian

성희가 부여받은 이능의 놀라운 능력에 감탄한 가드 본부에서 그녀에게 부여한 명칭이었다.

신성한 수호자라는 명칭에 걸맞게 그녀의 이능은 절대적인 방어능력을 자랑했다. 물리적인 방어능력 외에도 각종 흑마법과 같은 사이한 기운에 대항하는 능력이 탁월했다.

성희의 의지에 따라 일행들의 몸을 감싸는 반투명한 막이 생겨났다. 일반적인 마법사들이 만들어내는 쉴드(Shield)에 비해 그 방어력이 타의추종을 불허한다고 해서 배리어(Barrier)라고 명명된 성희의 이능력이었다.

그제야 침입자의 정체를 알아차린 녀석들이 각종 무기들을 투척했다. 아군이 당하든지 말든지 전혀 아랑곳 하지

절믐자2

않은 채 날려댄 무기들이 성희가 만들어낸 방어막에 부딪혀 여기저기로 튕겨나갔다.

처음 보는 방어막이 신기한 듯 달리는 와중에 손을 내밀어 이를 만져본 유건이 성희를 향해 엄지를 치켜세웠다.

그런 유건의 칭찬에 기분이 좋아진 성희가 양손을 앞으로 내밀며 강하게 외쳤다.

"성스러운 도성(Holy City)!"

그녀의 외침과 동시에 전면을 가로막고 있던 수많은 오크 무리들이 반으로 갈라지며 사방으로 밀려났다.

그 어떤 존재도 허락하지 않는 성희만의 절대 공간이 그 사이에 강림했다.

"헐! 대박!"

진심으로 놀란 듯 유건이 입을 딱 벌린 채 전면에 생겨난 빈 공간을 바라보았다.

"뭐해요? 빨리 달리지 않고? 생각보다 그리 오래 가지는 않는다고요."

가볍게 웃음을 터트린 성희가 그런 유건을 스쳐지나가며 그의 어깨를 두드렸다.

"아? 그…… 그래."

떨떠름한 얼굴을 한 유건이 앞서 달려가는 일행들의 뒤를 따라 부지런히 발을 놀렸다.

자신들을 밀어내던 무형의 막이 사라지자마자 분노한 오크 무리들이 그런 일행들의 뒤를 맹렬하게 뒤쫓았다.

제 아무리 강력한 힘을 자랑하는 그들이라고 할지라도 셀 수 없이 많은 오크 무리들을 상대로 버텨낼 수는 없는 법.

그들이 아직 제대로 상황을 파악하기 전에 성벽 안으로 몸을 피해야 했다.

"이 녀석은 왜 이렇게 늦는 거야?"

나직이 투덜거리던 철환의 말이 끝나기 무섭게 위에서 후끈한 열기가 느껴졌다.

작은 골프공만한 크기의 불덩어리들이 수십 수백 갈래로 갈라지며 그들 뒤를 따라오는 오크 무리 위로 떨어져 내렸다.

쿠우우웅! 후화아아악!

거대한 폭음과 함께 십여 미터는 될 법한 불기둥이 여기저기서 솟구쳤다.

빠른 속도로 달려가는 일행들의 뒤에서 열풍이 몰아닥쳤다.

"쳇! 느려 터져가지고."

투덜거리는 철환의 모습에 유건이 피식 웃으며 답했다.

"언제나 등장이 화려하시네요."

"지가 무슨 영웅인줄 알고 있거든."

"하하하하, 영웅 맞잖아요. 위기에 처한 동료를 구해내는."

"쳇!"

유건의 말이 마음에 안 든다는 듯 나직이 혀를 찬 철환이 벽을 밟고 도약해 성벽 위에서 내려온 줄을 잡고 단숨에 성벽 위로 올라섰다.

그런 그를 선두로 나머지 일행들도 성벽위로 차례차례 올라섰다. 육체적인 능력이 일반인이나 다름없는 성희가 걱정된 유건이 밧줄에 매달린 채 그녀를 바라보았다.

그런 그의 걱정을 단숨에 날려버리기라도 하듯이 성희가 투명한 받침 위에 올라 선 채 천천히 부유하고 있었다. 여유 있게 손까지 흔드는 그녀의 모습에 유건이 입맛을 다시며 부지런히 손발을 놀려 성벽을 타고 올랐다.

"아, 왠지 모르게 억울한 걸."

성벽에 올라선 유건이 드넓은 공간을 가득 메우고 있는 녹색 물결에 놀라 한동안 입을 다물지 못했다. 이런 모습은 비단 그 뿐만 아니라 함께 한 일행들 모두 동일했다.

말로만 듣던 최전선의 모습을 직접 목도하게 된 그들의 몸이 잘게 떨렸다. 전장을 가득 채우고 있는 알 수 없는 열기에 가슴 속 깊은 곳에서 뜨거운 무언가가 목구멍을 타고 치밀어 올랐다.

거대한 불새의 모양으로 변한 제임스가 그 뒤로도 한참 동안 전장을 유린하다가 일행들의 곁으로 돌아왔다. 땀이 송골송골 맺혀 있는 그의 이마를 바라본 철환이 피식 웃으며 그에게 주먹을 내밀었다.

"처음부터 너무 무리한 거 아니냐?"

"훗, 이 정도는 해줘야 나란 존재가 이곳에 등장했음을 알 수 있지 않겠어?"

그에게 주먹을 내밀어 가볍게 부딪힌 제임스가 팔을 벌려 일행들을 환영했다.

"모두들 지옥에 온 걸 환영합니다."

그의 너스레에 모두의 입가에 가는 미소가 지어졌다.

〈3권에서 계속〉